校园文摘
Xiaoyuan Wenzhai

清空心灵的尘埃

万亿　马知行　尹宗国　姚禹同
荆卓然　王黎冰　谭珺天　凌于婷　/ 等著

中央编译出版社
Central Compilation & Translation Press

图书在版编目（CIP）数据

清空心灵的尘埃 / 万亿等著.
—北京：中央编译出版社，2015.3
（校园文摘系列丛书 / 万亿主编）
ISBN 978-7-5117-2358-1

Ⅰ.①清… Ⅱ.①万… Ⅲ.①作文–中学–选集
Ⅳ.① H194.5

中国版本图书馆 CIP 数据核字（2014）第 233965 号

清空心灵的尘埃

出 版 人	刘明清
出版统筹	董　巍
责任编辑	邓永标
责任印制	尹　珺
出版发行	中央编译出版社
地　　址	北京市西城区车公庄大街乙 5 号鸿儒大厦 B 座（100044）
电　　话	（010）52612345（总编室）　（010）52612371（编辑室）
	（010）52612316（发行部）　（010）52612317（网络销售）
	（010）52612346（馆配部）　（010）55626985（读者服务部）
传　　真	（010）66515838
经　　销	全国新华书店
印　　刷	北京威远印刷有限公司
开　　本	710 毫米 ×1000 毫米　1/16
字　　数	206 千字
印　　张	14
版　　次	2015 年 3 月第 1 版第 1 次印刷
定　　价	29.00 元

网　　址：www.cctphome.com　　邮　　箱：cctp@cctphome.com
新浪微博：@ 中央编译出版社　　微　　信：中央编译出版社（ID：cctphome）
淘宝店铺：中央编译出版社直销店（http://shop108367160.taobao.com）（010）52612349

本社常年法律顾问：北京市吴栾赵阎律师事务所律师　闫军　梁勤
凡有印装质量问题，本社负责调换。电话：（010）55626985

繁星梦

你的眼睛是深蓝的海（文/万亿） 002
新年的阳光（文/匡天龙） 015
我和我的星座（文/吴涵彧） 017
你不是一棵小草（文/张以进） 019
我们的人生永远在路上（文/匡金火） 022
西米露的温暖（文/姚禹同） 025
写给未知（文/午安） 027
跟过去说goodbye（文/梁焕敏） 032
写给2021年自己的一封信（文/袁义翔） 037
爱上钢琴（文/芷仪） 039
我们爱读书（文/戴晨炜） 041
瞬间（文/董潇哲） 044
有梦不觉天涯远（文/张以进） 045
最美丽的风景（文/张以进） 047
游上海东方明珠电视塔（文/廖雨麒） 050
第一次独自出国（文/谭珺天） 052
远离危险才有真正的快乐（文/余果） 054

感恩池（文/凌于婷） 056
"酸甜苦辣"的跑操（文/徐兰） 057
无声的涅槃——致我心中永远的"林黛玉"（文/王黎冰） 059
落叶（文/徐毅） 063
星星颂（文/徐毅） 064
微弱的灯（文/徐毅） 066
操场（文/荆卓然） 067
小雪花（文/唐宇佳） 068

▶ 青春驿站

石头的价值（摘编/刘青） 070
有一种失败叫瞎忙（摘编/琦琦） 073
釉面砖铺就的人生（摘编/谷雨） 076
低调的人离成功最近（摘编/王博文） 078
拥有一颗感恩的心（摘编/陈仁） 080
控制情绪是一种涵养（摘编/菲菲） 083
清空心灵的尘埃（摘编/李诗韵） 086
握住自信成就自我（摘编/米兰） 089
春天的抒情诗（文/匡天龙） 094
只要开始永远不晚（摘编/张菁） 097

▶ 亲情树

父亲的玳瑁（文/鲁彦） 102
妈妈您听我说（文/汪文钰） 109
奶奶（文/唐宇佳） 111

鬼马狂想曲

老桥（文/姚禹同） ... 114
四季"罢工"之后……（文/马知行） ... 116
照出你自己梦里的影子（文/刘承志） ... 120

自然物语

蝉与纺织娘（文/郑振铎） ... 126
春雨（文/梁遇春） ... 130
秋天的雨（文/钟东旭） ... 133
溪（文/陆蠡） ... 134
江南第一刹灵隐寺的传说（摘编/帆帆） ... 139

家乡素描

山阴道上（文/徐蔚南） ... 150
那些触动我们少年时代的歌（文/如风） ... 152
四季长安（文/党晨阳） ... 157

读书沙龙

中国十大传世名帖（摘编/柏文） ... 162
中国历代文人的十大名句欣赏（摘编/舒俊） ... 165
中国历代家训集锦（摘编/文生） ... 171
古今称谓大全（摘编/陈梦生） ... 177
一次成功就足以改变人生（摘编/沙沙） ... 182
失败之后的机会或许会更好（摘编/王沙桐） ... 184
大器晚成的崔林（摘编/毕文文） ... 187

春秋战国智慧故事典故（摘编/方生）……………………189

《诗经》的故事（摘编/王兰兰）……………………195

冤枉陈世美（文/尹宗国）……………………198

成长智慧（摘编/一米）……………………201

哲思小语（摘编/王兰兰）……………………208

繁星梦

你的眼睛是深蓝的海

文/万亿

（一）

我一直不明白，我老妈她为什么总是对我凶神恶煞似的，似乎我压根儿就不是她亲生的一样，有时她能戳着我脑门骂上一个小时也不嫌累，她骂人的词汇简直是层出不穷，花样繁多，出口成章。其实，归根结底，她只有一个心愿，就是要我好好学习，天天向上。

老妈她常常咧着嘴说自己没文化，吃了没文化的亏，要我刻苦读书，换位思考想想，其实我老妈也挺不容易的，四十多岁一下岗工人，出去打工又被人嫌年龄大，做点小生意还经常被城管追得东跑西躲的，做着社会最底层的工作，看着别人脸色生活，多难啊。

于是，只要见到我，我便成了她的出气筒。

我理解老妈的苦衷，也没指望她做个温柔细心的妈，当然我也没法做她心目中乖巧懂事的宝贝儿子。

其实，老妈的对我的要求和大多数家长一样，希望自己的孩子发奋读书，考上个好大学，做个白领，穿西服，拿高薪。

不过，我也是很叛逆的，只要老妈开口骂我，我绝对会还嘴：老妈，只要你一开口，方圆百里必将寸草不生，鸟不拉屎。

老妈操起身边的晾衣架就想打我，可是，如今的我，早已不是从前了。小时候我如果还嘴，必遭一顿暴打。而现在，我在还嘴之前就做好了百米冲刺的准备，还没等老妈操起晾衣架，我已跑到了街的另一头，远远地看着她骂骂咧咧的样子，我只想笑，反正她怎么骂我也听不见。

住在街口的梁静一见到我就说："你就不能好好跟你妈说话吗？你知不知道，你们母子俩整天大呼小叫的，都快成这条街的一道风景了。"

我瞥了她一眼，无奈地说："你以为我愿意啊。"

不过她说的也是大实话，每次只要我老妈一提高嗓门，百米之内的街坊邻里立刻都会探出头来看热闹。

"你妈骂你，也是为了你好，你不可以不跟她顶嘴吗？"梁静尽管看上去斯斯文文的，但说话时的口气颇像大人。觉得我跟我老妈吵架烦人就躲在家里别出来嘛，干嘛这么文绉绉地装得很清高的样子来说我。

"你有本事让我老妈别这么大呼小叫的，我就每天叫你三遍姑奶奶。"

被我这么一呛，梁静沉默了一分钟后就气呼呼地转身回家了。本来这事跟她就不相干，非要来多此一举，我最烦这种人。

（二）

说到梁静，我不得不多说一句。她跟我同岁，而且还同在一个学校，同班，她成绩很好，但也算不上是什么好学生，上课会偷看言情小说，是个喜欢做白日梦的女孩，她从不惹事，但凡有人来惹她，都是我帮她出头露面。

男生们都说她长得好看，但我一点儿都不觉得她漂亮，她除了眼睛大，皮肤白是优点，嘴巴长得不好看，体形还有点胖。我喜欢瘦高型的女生，而梁静的个子矮了点。

不过，她对我挺好，在我面前总是做出一副乖巧甜美的样子。还每次无怨无悔地把她抄得整整齐齐的课堂笔记借给我。

有时候我在想,如果是梁静做我老妈的女儿,她肯定会省心不少,而我却像上辈子就跟我老妈结了怨家似的,整天吵吵嚷嚷。

梁静之所以跟我的关系还不错,很大程度上要归结于我长得帅,这到不是我自吹,是我们班女生公认的。

就连班主任也直言不讳地说:"钟小天,看你的样子长得又帅又聪明,每次考试成绩却都是倒数第一,真是聪明面孔猪脑子。"

可气的是,每次成绩单下来,梁静还对着我模仿班主任的口气说我聪明面孔猪脑子。

见梁静这样当众肆意妄为地羞辱我,我突然心血来潮,萌生了恶作剧的念头。

"你再说?我就堵住你的臭嘴。"我做出一副淫亵的样子。

"你才嘴臭呢,看看你的黄板牙,有一星期没刷牙了吧。"梁静一点儿也不示弱。

"嘴臭不臭,你闻一闻不就知道啦?"

坐在后排的钱锋一听就来劲了,他想歪了,把闻理解成了吻,起哄似的大声嚷嚷起来:"钟小天,吻她,吻她。"

接着又有几个同学围上来起哄。

"你们以为我不敢啊?"我平生最怕有人使激将法。可当我强行把梁静揽过来,当我的目光与她那对水汪汪的大眼睛相遇时,我却笑场了。

我跟梁静实在太熟了,从小到大都在一条街上混,怎么也做不出这种事来。

(三)

上高二的时候,班里有同学偷偷恋爱。

钱锋这小子从初中开始就暗恋梁静,但梁静对他却不屑一顾。

"她的眼里没我呀。"钱锋伤心地说。

当然,对于一个迷恋言情小说的小女生,她会把大把时间用来做白日梦,在你要追她以前最好先梦想清楚自己够不够浪漫,或者够不够坏。

梁静永远是一副乖巧甜美的样子，除了喜欢看言情小说之外，所有老师家长不允许做的事她都不会做。

我明确地告诉钱锋："想追梁静，你没戏。"

"你不会是自己想近水楼台先摘月吧？"钱锋半信半疑地试探着问。

"见你的鬼，我会喜欢她？"

为了证明我与梁静之间没什么，我飞快地跟隔壁班的女生沫沫打得火热。

"早恋不好吧？"放学回家的路上，梁静拦住了我。

"有什么好不好的，不是大人说的每一句话都是真理。"我嗤之以鼻。

"会影响学习的，会容易分心，一旦被人甩了还会悲痛欲绝。"她开始富有想象力地例举出早恋的坏处。

"喊，我本来就成绩不好，在老师眼里也不是什么好学生，也不怕再多坏一次。"我似笑非笑地拍拍她的肩膀，说："啊……忘记告诉你，钱锋他想追你，我觉得你俩挺配。"

梁静瞪大了眼睛，呆呆地看着我。

等我跑远了，身后传来她大声的吼叫："钟小天，你就是个混蛋……"

（四）

记得分文理的那会儿，老师在班上征求每个人的意见，当问到我时，我支支吾吾不知怎么选，因为无论文和理，我的成绩都很烂。

"老师，钟小天选文科。"又是这个梁静，自以为是地替我作主。

"喂，这是干吗啊，你凭什么说我一定要选文科的？"我斜眼冷漠地看了她一眼，眼底是不加遮掩的警告。

梁静故作一脸哀伤地回答："你还有得选吗？数学你及格过吗？化学

烂到元素表都背不全，还臭德行。"

我心里突然乱糟糟的。

"可是……"

"没什么可是，你爱选不选。"梁静一手用书本挡住窗外折射进来的阳光，嘴角上扬，瞪着眼看我。

我下意识地躲开梁静直愣愣的目光。虽然她说的也不是没道理，但是，我讨厌别人给我做决定。

下晚修课，钱锋来邀我同路，这家伙回家明明不同路，却非要跟我一起走，醉翁之意不言而喻，我知道，他无非就是找机会跟梁静搭讪而已。

路过一家大排档，钱锋说要请我们。梁静想回家，但看见我一副不吃白不吃的嘴脸，也不再推托，乖乖地在我身边坐下。

几杯下肚，钱锋有些忘乎所以，夸夸其谈，不时拍拍梁静的肩头，甚至还弄掉了她头上的发夹。

这让梁静很不爽，她生气地站起来，从嗓子眼里冒出一句："今晚，AA制。"说完，丢下钱转身便走。

我耸了耸肩，钱锋一脸尴尬。

在一棵梧桐树下，我追上梁静，暗淡的路灯下，她双眼噙着泪花，一见我就劈头盖脸地骂道："你们把我当成什么人啊？我是这么轻浮、这么随便的女生吗？啊？你说呀。"

我只是慌乱了短暂的几秒钟，便又嬉皮笑脸地凑上去问："那你是什么样的人啊？"

"你……想干吗？"她双手抱胸，做出防范的姿势。

"没干吗。"我眯起眼睛看她，偶尔有汽车从身边开过，明亮的灯光将她的侧脸打亮，她依旧双手抱胸。

"其实，你并没有我想象中那么讨厌。"借着酒劲，我笑嘻嘻地说。

"那,你做我男朋友吧。"

我微微睁大眼睛,看她。

"好啊,好啊。"还没等我高兴起来,她突然瞪大眼睛说:"去死啦,是假装的那种啦。"

开始有多轻易,结束就有多悲惨。

那次之后,梁静每次都会有意无意地躲着钱锋,而我,在众目睽睽之下成了她最好的挡箭牌。

（五）

周末，我坐在电脑前玩游戏，老妈又在不停地唠叨："这么大一个人了，衣服每周都不知道换，也不知道帮家里做点儿事，书又不好好读，花钱倒不少，真不知道养你有什么用，养只狗都比你听话。"

我忍了又忍，最后还是没忍住，说："你以为我愿意被你生下啊？你当初不如生只狗好了。"

这种既过分又毒辣的话一出口，立即遭致老妈暴跳如雷般地吼骂。我只有夹着尾巴溜出了家门。

一个人在街上漫无目的地瞎游荡确实无聊透顶，溜达到天快擦黑时，在一家奶茶店买了一杯奶茶两个茶叶蛋，蹲在马路边无味地嚼着。

"你觉得这样很有意思吗？"一个声音突然从身后传来。

不用回头就知道是梁静。

"你在跟踪我吗？"我头都没抬，一副痞子兮兮的腔调问她。

"没啊，我正好路过你家门口，被你妈差来找你。"

"那，我要谢你了。"

我递给她一个茶叶蛋，她没接。

"干嘛这样看我，我像怪物吗？"

"不啊。"

"那你把茶叶蛋吃了。"我凑近她的脸。

梁静有些被逼无奈似的接过茶叶蛋，说："你就不能不惹你妈生气吗？"

"是她先骂我的。"

"她也是为你好。"

"你少来。"

夜风吹着路边的树叶在原地转了几个圈又飘走了,梁静拉长着脸,咬了咬嘴唇,低声说:"不如我们去申请住校吧?"

(六)

为了躲避老妈的唠叨,我欣然接受了梁静的建议,住校了倒也乐得清静。

可是好景不长,八人间的寝室,一帮书呆子,整天哑默悄声,我实在忍耐不住寂寞。于是,熄灯铃响过后,身形矫健的我悄悄溜出寝室,翻过学校围墙,一头扎进了网吧。

直到某一晚,我趁着夜色刚溜到围墙前,发现墙边站了个黑影,又是这个梁静。

"钟小天,我就猜到你不会老老实实住校的。"

"你管我。"

"我建议你来住校是因为寝室的学习氛围好,也好避开你妈的唠叨,专心学习,你倒好,每晚翻墙出去,又想溜去哪儿?"

我老妈的唠叨确实让我心烦,但梁静犀利的眼神同样也让我有些不爽。

"那……你为什么来住校?"

当我问完这话时,忽然发现梁静的眼神里闪烁着泪花,我不敢再直视她的眼睛,像自己做了什么亏心事似的。

沉默了片刻,梁静才用微弱的声音说:"我爸妈天天吵架,吵到我没法在家里学习了。"

我走上前一步,用双手扶住她的肩头。梁静的全身在不停地颤动。

"他们……还说要离婚……我该怎么办啊?"

她终于忍不住"呜呜"地哭出了声。

我张了张嘴,却不知怎么去安慰她,我把她紧紧搂在了胸前,然后像呵护小妹妹那样轻轻地拍着她的肩膀。

我平时一直没有把梁静当作好朋友,也从没留心过她的喜悦和悲伤,可是毕竟我俩在一条街上长大,一起上小学、初中、高中,这漫长时光的陪伴和每次我惹麻烦时,她都会挺身而出。

看到梁静现在这副哀伤的模样,我突然有种想保护她的冲动,我把她搂得更紧了。

也不知道过了多久,梁静的身体停止了抽动,她抬起头看我,眼底依旧残留着泪痕。

"听说你不费吹灰之力就背下长长的《离骚》?"她好奇地问。

"呵呵,我有过目不忘的特异功能嘛。"

话刚说出口,我又在心里责骂自己:钟小天,你不吹牛会死啊?你明明是把《离骚》不会背的部分写在手心里的。

"虽然你做代数、写化学方程式不行,但形象思维比我强多了,说不定以后可以成个诗人、作家什么的。"

"我?怎么可能……"

我不习惯被人夸,从小到大,老妈从来没有夸过我,她对我的教育方式就是鄙视,千百次地唠叨。在学校,老师除了批评还是批评,我几乎习以为常了,干脆自暴自弃。

面对梁静的夸奖,我突然有种要改过自新、重新做人的冲动。

(七)

我暗自努力终于在高二下半学期初见成效,原本在班上倒数第一的名次一下跃居前十几名。原本只靠选择题来蒙几分的数学也只差几分就及格了。

班主任有史以来第一次笑容可掬地以"高二黑马"来称呼我。

回到家,我故意很不经意地把成绩单扔在桌上,也好让老妈在打扫卫生时给她一个惊喜。

没想到老妈看见后,把成绩单狠狠地扔到我面前:"不会又是涂改后拿来唬人吧?你小时候哪次不是这样。"

我立刻被气蒙了,声音提高了八度,叫嚷道:"如果你真觉得你儿子上到高二还要靠涂改成绩单来唬人的话,那你就认命吧。"

正当我准备一头冲出家门时,梁静的妈妈手里拿着一张纸条,失魂落魄似的哭泣着闯了进来。

"小天,你知道梁静去哪里了吗?你看看这纸条,这孩子,她会去哪儿呀?"

我接过纸条,上面写道:你们不要因为我该判给谁而争吵不休,我谁也不跟,这个家我再也不会回了。

我顿时气血翻涌,冲着梁静的妈妈歇斯底里地大喊道:"不会做父母就别生孩子啊!"

梁静离家出走了。

当钱锋把梁静留下的一堆书本摆到我面前时,还傻乎乎地问:"上周末你走得早,她让我把这些书交给你,梁静去哪里啦?不会是转学了吧?"

"滚,滚!"

我几乎像发了疯似的把这一堆书全推到了地上。

时间就像只爬得很慢的小乌龟,嘀嗒了六十次才走过一分钟,而一天要嘀嗒八万六千四百次。在这漫长的嘀嗒声里,我再也没有梁静的任何消息,我每次想起她那双会说话的大眼睛和她哀伤又稚弱的背影,难以想象她每一天是怎样度过的。

时间也是跑得最快的,转眼功夫就来到了高考最后的黑色冲刺阶段。

梁静离家出走以后，老妈像是变了一个人，我也从学校搬回了家住，她再也不像从前那样唠唠叨叨了。

我在里屋做作业，她就静静地坐在外屋绣十字绣，她说绣一幅两米长的十字绣再装好镜匣能卖个五六百元。

我知道老妈一定是在为我筹大学学费了。

梁静的离家出走让我冷静地重新审视了自己和老妈之间的相处方法，重新规划了17岁的我今后的奋斗目标，所以我也要更加努力。

（八）

"去上大学了，就是大人了，一个人在外面要学会照顾自己。"

老妈给我打包行李时，又开始唠叨了。但这一次，我觉得她的唠叨分外亲切。

我从来没有正视过老妈那双充满深邃而期待的眼睛，此时，她的眼睛里噙满了幸福的泪水。

老妈送我去车站前，我特意去梁静家跟她妈妈告别。

梁静妈妈苍老了许多，她拉着我的手，用几乎嘶哑的声音叮嘱我："你去南方上学，有时间就帮忙打听一下梁静的消息，听说她也在南方打工，你告诉她，是爸妈错了，是我们对不起她……"

火车开动了，望着渐渐远去的老妈的孤独身影，我突然觉得有些哀伤。

老妈为了我的成长任劳任怨，我以前却从不知珍惜。虽然我现在离老妈说的"大人"还有些遥远，但我一定会让自己逐步强大起来。

争取早一天，我要让老妈不用再去那么辛苦地工作。

新年的阳光

文 / 匡天龙

清晨打开门,新年的阳光扑面而来,拥我入怀。

我深呼一口新鲜的空气,整个身心便漾开成一朵盛放的花;我伸出双手,十指被阳光照得通明。我看见无数双手在阳光中盛开成美丽的花朵。

多少次回眸把岁月的记忆重拾,盛满欢乐与艰辛的岁月于是丰满起来;多少次痛苦挣扎,历经失败的痛楚,最终坚定地奔向理想的征程。迈进新年的门槛,沐浴在潮水般涌起的阳光里,平安与快乐翩翩起舞,祝福与希望放声高唱。

新年的阳光以母性般的胸怀笼罩大地,以百倍的柔情流动成依依风景,美丽的情怀如温情的手掌轻轻抚摸,如脉脉的流水涌动着生命的花蕾。我知道我已拥有了新年的阳光。它在我孤寂的心中掀起了轰天巨响,春天已走进我的视野。看,它轻盈的翅膀扇动辽阔的天空,它亮丽的身影轻抚温暖的大地;它纤细的小手指引思想的幽径,它灿烂的微笑溢满精神的家园。

新年的阳光已经叩开春天的大门,庆典的大幕悄然拉开,一场春天的音乐盛会正在走近。在新年,在新年的阳光里尽情欢唱吧,唱出对春天的渴盼,唱出对祖国的祝福……醉情于这场音乐盛典,让喜悦和快乐尽情释放。

临风而立，我的梦想早已青青成行，新年的阳光惬意地流淌，漾开所有忧伤的波纹，将最美的水花激荡。

阳光在田野里奔跑，它把金色的种子洒在千里沃野，冬天的积雪开始融化，斜飞的紫燕翩然归来，古典的微笑绽开成幸福的花蕾。新年的阳光在麦苗的叶尖上跳跃，在农具的锃亮里舞蹈，在父亲的眸子里徜徉，在古老的民谣里飞翔。

新年的阳光，是天空中柔曼舒展的微笑，温暖着所有人沉睡的梦呓，却惊醒了一个个绿色的生命。又是一年春来到，无论如何我都无法入眠，梦想再次萌发光辉灿烂，升腾着我灵魂丰富的内涵，岁月的小河里便绽开了一朵殷红的樯帆，对着太阳自信地微笑……

新年的阳光激扬着青春的梦想，温暖着所有人心中的渴望，生命的春天次第打开，煦暖的阳光注定要让每一个被照亮的人不再忧伤。紧拥新年的阳光，我们轻装上路。

我和我的星座

文 / 吴涵彧

每当有人问我你是什么座啊，我都很想认真地回答一句，肉做的啊。好吧好吧，不要用疑惑的眼神盯着人家——其实我是摩羯座！

我对我的星座，是又爱又恨。这么说其实是一种作祟心里——每次看到摩羯座性格后写"古板，不懂浪漫"时，就会有掀桌而起的欲望，谁说我古板了？你不觉得我和双鱼座一样活泼爱幻想吗？再往后看——"工作、生活都很有条理，往往会取得出色的业绩"，我就暗自窃喜："摩羯座就是那么好啊，哼哼，摩羯座的幸福是双鱼座比得来吗？"

所以呢，在我眼里，摩羯座是一个很复杂的星座。

突然有一天，大凡兴冲冲地跑过来："你是太阳系摩羯呀！"我想她一定又看"星座密语"了，她是个不折不扣的星座控，两个漂亮的本子上密密麻麻记满了星座知识。"是吗？那是不是还有月亮系摩羯啊？""是啊是啊，太阳摩羯就是很纯种的摩羯，你的生日刚刚好哦！月亮摩羯就不是那么纯的摩羯！"

原来我是纯种的摩羯，你可知道我当时对我的星座那种"喜爱与赞美"之情吗！太阳系摩羯哦！

然后我就可以把大凡的专业术语复制粘贴，很专家地说："你这都不知道。就是上等的正宗纯种摩羯座，我的生日刚好在这正中间。"这种心情就是一只贵宾犬说我虽然不想当狗，但我是纯种狗不是杂种的！

小学时我一直耿耿于怀的是我身边的摩羯座的泛滥成灾——我们这一整个小组七个人居然全都是摩羯座！而且性格迥异！这让我更坚定地相信，去他的星座！我果然不呆板，我果然是活泼可爱天真爱幻想的代表！

但是，每当我考试汗（泪）如雨下的时候我就会不停安慰自己，我是摩羯座，是理性的代表，要镇定要镇定，我做事很有条理；每当我因为作业上一道小题而苦恼的时候，我就会告诉自己我是摩羯座，坚忍不拔，智慧在胸，大智若愚；每当我和别人发生矛盾是我会说我是摩羯座代表着隐忍，出生于冬天，青少年时期不太有热情的表现……

如果老妈懂星座，她就不会在我考差后还嬉皮笑脸时说我脸皮厚，而会感叹摩羯座不愿让别人看到脆弱的矛盾性格啊！不过，她也会在我第一次上幼儿园哭得稀里哗啦时说这孩子是不是纯种摩羯，咋哭成这样啊！如果老师懂星座，她就不会逼我写作业，因为她懂得我其实充满了智慧，会在将来爆发，不过她也会说摩羯座天生爱学习，又勤劳，你是从哪儿来的啊！如果他们都懂星座……

你不是一棵小草

文 / 张以进

梅玉兰大学毕业那年，到一座偏僻的山村中学当了一名教师。当时，梅玉兰教的是初一语文。开学第一天，她就看到班上竟然有个很特别的学生——一个坐着轮椅的男孩子。

还没去学校，梅玉兰就听几位朋友说过，学校里教学竞争很激烈，多做点成绩，为的就是想早一天离开这个地方，争取往县城调动。班上出现这样的学生，无疑会严重影响她的教学成绩。下课后，梅玉兰立即跑到校长那里，声嘶力竭地想让校长把这个学生调走。谁知校长根本不理采她的请求，也没有答应她的要求。反而对她说，是这个学生选择了她这个老师。

一心想调到县城的梅玉兰根本听不进去任何理由和解释，当时，她心里想的是，她未来的前途和命运很可能就毁在这个学生手里，对此她却无能为力。

当梅玉兰无可奈何满脸泪水地拉开校长室的门准备往外走时，她楞住了——那个学生竟然就在校长室的外面，他的脸上也是挂满泪水。

从学生家长那里，梅玉兰得知那个学生叫罗晓云。罗晓云本来是一个非常喜欢蹦蹦跳跳的孩子，两年前，他在去外婆家拜年回来的路上，意外遭遇了车祸，被压断了双腿，家中为他花去了全部积蓄，却仍然没有保住他的双腿。

得知梅玉兰不想教罗晓云时，罗晓云的父亲找到她，哭泣着哀求说："老师，你一定要收下他。孩子说过，他一定会听话的。"看着泪水涟涟的父子俩，梅玉兰再也没有了拒绝的勇气。

开头一段日子，罗晓云确实很听话，为了照顾他的生活，梅玉兰还发动班里的几位同学组建了爱心行动小组。可没多久，梅玉兰就发现罗晓云上课时经常心不在焉，很多知识也是一知半解。一了解，原来罗晓云在车祸期间，家长和老师没有给他补课，所以现在上课的时候很多知识他都听不懂。没有办法，为了让罗晓云跟上课，梅玉兰只能在课余时间去罗晓云家里为他补课。

在罗晓云家，梅玉兰一边给他补课，一边从侧面了解他的爱好，发现他最喜欢听的歌就是《小草》："没有花香没有树高，我是一棵无人知道的小草，从不寂寞从不烦恼，你看我的伙伴遍及天涯海角，春风啊春风你把我吹绿，阳光啊阳光你把我照耀，河流啊山川你哺育了我，大地啊母亲把我紧紧拥抱。"每当罗晓云唱起这首歌的时候，他的脸上就神采飞扬。

梅玉兰问他为什么这么喜欢这首歌，罗晓云回答说："我是一棵小草，一棵无人知道的小草。"梅玉兰知道罗晓云的心结还没有解开，遭遇车祸后，失去双腿的他孤单而寂寞，读书的成绩也比较差。怎样才能鼓起他的勇气呢？

回校后，梅玉兰在整理资料时，突然发现一本获奖证书，那是在师范学院的文艺演出中，梅玉兰表演的歌舞作品获得的优秀文艺作品奖。想到罗晓云那么喜欢《小草》，梅玉兰的脑海中灵光一闪，突然出现了一个新点子。梅玉兰一边给罗晓云补课，一边教他唱《小草》这首歌。

两个月后，在学校组织的文艺大会演中，当坐着轮椅的罗晓云声情并茂地唱完歌曲《小草》时，全场掌声雷动，评委会特别授予他特等奖。当梅玉兰推着轮椅带罗晓云领完奖后，罗晓云拉着梅玉兰的手久久不愿松开。梅玉兰也趁机鼓励罗晓云:"晓云,你不是一棵小草,你会长成一棵参天大树,唱歌能行,读书也肯定能行。"

第二天,罗晓云交给梅玉兰一篇《小草》的作文,里面写着这样一段话:"我是一只折断翅膀的小鸟,当我绝望的时候,我遇到了梅老师——一位美丽的天使,她是我的春风,她是我的阳光,让我这棵小草渐渐成长……"读着读着,梅玉兰被深深地感动了。她把这篇作文认真修改后,推荐到县里参加"小作家"征文大赛,结果获得二等奖。

从县里领奖归来,罗晓云改变了很多,梅玉兰也趁机给他推荐了《钢铁是怎样炼成的》等书籍,并给他讲了一些身残志坚的先进人物事迹。鼓励他敢于面对生活的挫折,让他对生活充满阳光和信心。

在梅玉兰的指点下,罗晓云的学习成绩进步很快,好几次竟然在学校和县里的语文知识竞赛中获得了名次。两年以后,不知是谁把消息报给了新闻媒体,当地的报纸和电视台以《你不是一棵小草》为题,对梅玉兰和罗晓云的事情进行了专题报道,让梅玉兰这位默默无闻的山村教师成了"名人"。就这样,原本让梅玉兰最为担心的一个学生竟然成就了梅玉兰的梦想,不久,她便接到了县城第一中学的调令。

告别罗晓云和全班学生的那天,梅玉兰和全班学生一起唱起了《小草》:"没有花香没有树高,我是一棵无人知道的小草——"

"你不是一棵小草,你会长成一棵参天大树。"这是梅玉兰对一个坐在轮椅上的学生的鼓励。其实,在梅玉兰自己的生活中,这句话也一直激励着她自己,在教学之余,利用业余时间不断写作,当她的作品在全国各地的文学杂志不断发表时,梅玉兰也会对自己说:"你不是一棵小草。"

我们的人生永远在路上

文 / 匡金火

人生那条路

那条路，或蜿蜒，或笔直，或坎坷，或平坦。

续着岁月的余韵，

装扮着季节的芬芳。

似曾走过，又像阡陌之路——有"十面埋伏"的险境，有"梅花三弄"的诗意，有踏雪无痕的绝版，有红叶铺径的萧瑟，灼痛一位行者的心。

转过一弯石径，仿佛到了尘世的尽头。再回首，脚下还是那片土地，头顶还是那片天空。那条路已经变得宽阔平坦，四通八达。

于是，断定，那惊心动魄的大美，哪怕风雨兼程，也是我一生要走的路。

人生风雨兼程

总是在背后望你——用一种顽强追寻的姿势，沿那条没有尽头的路，向前走去，无论阳光，无论风雨，无论坎坷，无论险境……

世间的路有千万条，我愿牵着你的手，与你风雨兼程。

前方总是山高水长，但也总是智慧丛生，美景叠韵……

空谷里有你脚步的回响，高山上有你歌声的回荡，大海里有你如舞的倩影……

流年岁月，总散发着春天的气息，还有千年向上的诗情，一切都那么让人着迷——风雨兼程，我们在一个季节跋涉，在另一个季节收获！

此心已足。

追寻人生

我在生活的路上不停地追寻，只为一角属于我的绿地，种植爱，种植恨，种植悲苦，种植欢欣，种植人生的一切美好，种植前人留下的拼搏……

路，怎能用日子来度量？

某一天，忽然发现，岁月已在额上留下几道犁沟，而思想的种子不就是撒在那犁沟里么？

血与汗的哺育，风雨阳光的耕耘，而人生的果实呢，是不是就挂在秋的枝头？

回首，涉过的泥泞留下一串深深浅浅的脚印，一阵风吹过，一枚新芽融进了大地绿的希望……

春光不老，召唤我们的依旧是生活路上的追寻！

人生，一树芬芳

这是一株老梨树，枝丫断裂，二月一个温馨的夜里，一枝白雪抒写着——一季岁月熟悉的芬芳、旋律和韵味。

我侧耳倾听——青春和生命的蓄积也是这样爆燃。

且把一切记在心里。你也用泥土与世界对话，与蓝天绿水对话。

其实，我们每个人也是一粒种子，或一朵花，穿行在日子的丛林里，我们倾听土地的声音，我们也走从种子到果实的行程。

最后，我们又复归于泥土。

人生的旅程所不同的是，你用爱的方式，让世界更美好更温暖。

西米露的温暖

文 / 姚禹同

初次去那里,是在初一的寒假。

当时的我,非常执着暗恋着班上的一名男生。不足一个月的寒假,在我眼里显得是那样漫长。思恋的折磨让我喘不过气,于是,我决定出去走走。

快过年了,空气中充斥着干冷的味道。散落在某处的喧嚣,让这条偌大的街显得愈发空荡。许多店主都早早关了门,回家吃团圆饭去了。看着寂寞的街景,心中竟有了一份青涩的伤感。

不经意间,我走进了一家甜品店——那是街上为数不多还开着门的店。店不大。一位长得很文艺的青年,架着一副黑框眼镜,微笑地看着我进来。与许多甜品店一样,他一个人身兼店长、厨师、服务员和收银员,似乎有点自得其乐。

在靠近门的地方,我坐了下来。附近的一个白色格柜,摆放着许多大小不一的工艺品和绿色植物。白色花盆中的芦荟和仙人球生机勃发,葱翠欲滴。格柜中有一对瓷器小情侣,正甜蜜地笑着,手勾得很紧。

我要了一碗热的红豆西米露。听我点完餐,他迅即从收银台的电脑边站起身来,一扭身便进了厨房。

电脑里播放的好像是热闹的韩剧,结尾几乎千篇一律。我很不喜欢。于是便怔怔地坐着,独自望着玻璃门外翻飞的枯叶发呆,心里一阵

空白，薄凉。

红豆西米露很快就做好了。晶莹透明，泡在雪白的椰奶里，鲜红的豆子点缀着，非常悦目。一缕缕白色的雾气，从玻璃碗的上方，袅袅升起……

西米露的味道很正，热度也调制得刚刚好。吃完，身体就暖了。感觉内心薄凉的深处，弥散着点点香馨。

后来，我又去过很多家甜品店，品尝了许多口味不同的西米露，却总感不如意。一直固执地认为，这家店留给我的，还有一种与众不同的温暖。

于是，在相隔快一年后，我又去了。

这次街道上很是繁华。店主不知怎的换成了一个健硕的女子，皮肤黝黑，也架着一副黑框眼镜，脸上满是温暖的笑容。格柜里的那对小情侣，手依然勾得很紧，笑容依然甜蜜；白色花盆里芦荟和仙人球绿得依然葱翠。

又是红豆西米露。又是熟悉的温度。

物是人非，一切却依然静好！

其实，西米露的温暖从不曾为谁而改变，情有独钟的依恋只会让自己愈加无法自拔。

突然感觉，那根牵扯了我近一年，让心生痛的暗线，断了，渐渐消融在西米露飘散的雾气里……

我终于明白，自己给的温暖，比祈求来的，要幸福得多！

写给未知

文 / 午安

　　我总记得这样一则小童话，说鱼的记忆只有七秒，七秒之后，一切归零，万物变得崭新。我之所以把它说成是童话，因为故事太美好，美好得让现实产生嫉妒。这就是鱼的幸福，每七秒钟就会重温一次的幸福。

　　我不禁想我如果也有这样卑微的能力该多好，永远活在当下，对生活别无所求，随遇而安，在浅薄的视线中怀抱对这个世界最纯粹的念想。

　　读高中了，生活可以用一个词形容就是水到渠成，就像高一的桃红色校服在一片埋怨声中被很自然地固定下来一样。但平淡的表面下总会翻涌着情绪的浪潮，冷漠的脸庞只是一种应付老师的符号，内心的激情停留在日记本或者是午休时那一段异常安静的睡眠时光里。

　　高一分文理科的时候，班长组织了一次班级欢送会欢送大家，利用的是分班前的最后一节晚自习。

　　当时觉得没必要，不以为然，因为只是分科而已，大家以后仍在同一所学校，用不着大动干戈搞得像毕业时分道扬镳那样煽情和悲伤。

　　后来心底坦荡地搬桌子、搬椅子、搬足以垒得半米多高的教材和资料书到新班级，面无表情地自我介绍、见识许多陌生的面孔，与分到一个班的熟络的同学逐一打招呼。试图埋葬情绪，固执地认为自己仍然可以过得像以前一样自由、随心所欲。

可是没过多久我就意识到我大错特错。我不可能再用同一种心情面对截然不同的生活，我顽固如磐石的心早已被那一种生活心甘情愿地制成模具，再也刻不进任何一颗美丽的鹅卵石。

迎面走来一个分班前的旧同学，我低着头用眼角余光瞥他，他有着同我一样冷漠的表情和不增不减的速度，我们如此默契地把内心的狂喜隐藏得不动声色，事后又觉得可笑并且神经质。

从略微的尴尬到习以为常，我们疏离得仿佛陌生人。和许多人经历的一样，我们也许会一直错过直到高三毕业，到捧着各自的录取通知书，听到《那些年》的高潮时才会鼓起勇气彼此抱头痛哭，和周围的人一样把宝贵的时间错失在隆重而空洞的仪式上。

幸运的是，我还有足够的时间反思，然后悔改。

分科时我毫无悬念地选了文科，我总是开玩笑似的对周围的人说：选文科不是因为文科有多么好，而是因为理科有多么差。

好几次考试败得一塌糊涂后，无奈之下，只得硬着头皮向同桌求助。

可一段时间的相处后，发现他与其他成绩好的乖学生与众不同的地方。他会提前好几天写完整个星期的数学作业，然后再数学课上津津有味地看新买的新概念作文；他会在寝室里喝啤酒、用手机上网和看鬼故事，然后神经兮兮地在我们朦胧欲睡的时候讲给我们听，有时还会躲在厕所里和一群不良少年学着抽烟，时不时故作潇洒地吐出一团团白茫茫的烟雾。真的很难想象他是怎样在任何一次考试中都稳居年级前五名的。

这正是我所向往的生活，能很骄傲地用一张张高分的试卷堵住父母的嘴，而在学校里继续我行我素，获取学业和娱乐的双重快感。可当我得知他的周末曾经被铺天盖地的补习班和家庭辅导排满，也曾经把一个月零花钱用来买学习资料，也曾经为学不好几何综合而懊恼得想跳楼……

于是我决定继续相信一分耕耘一分收获，没有人能随随便便成功。

之后的很长一段时间，教室里尽是我追着他问数学题的身影，像一部青春蓬勃的电影。我虽然整天黏着他，但也没有傻到学他一样地生活和学习，更谈不上做不良少年，因为我知道我不是他，我怕父母的怒吼和班主任失望的神情。

日子过得不尽如人意却也心甘情愿。

我和我的同桌都喜欢写一些零零碎碎的文字，在随便的一张纸上书写自己所认为的惊天动地，写完之后把那张纸小心地折起来放进笔袋里，像宝贝一样珍藏着。不同的是，他用上课的时间写，下课照玩不误，我是上课强迫自己认真听讲，用课余时间写，没有时间玩。但尽管如此，我们的考试排名依旧相去甚远，一个天上一个地下。

班级调座位时班主任动了点心思，把他调到了一名学习同样很好的学生旁边。之后的大半个月，我对学习提不起半点兴趣，心中时常空无一物，上课发呆走神，不知缘由地把心血来潮时买的各类杂志一股脑儿扔进了废物箱里。

后来才知道，是我太依赖于他了。

在一次月考的大溃败后，他对我说："你得学会独自学习，生活，面对考试。"我记得我当时什么都没说，只往他的胸口上来了一拳，说："这不是废话吗？"

再后来，我的成绩奇迹般地回升了许多。我知道这不是偶然，这是潜意识的信任。

时间很快，快得不像话。

近些天我总是把以前写过的文字拿出来，左看右看，嘲笑自己曾经发表在杂志报刊上的文章如何如何幼稚。半熟悉半陌生的字里行间，我总是会隐约嗅到过去时光所散发的特有的清香，听到细微的风划过拿着笔写字的指尖的声音。突然觉得自己矫情得不得了。

说到底,还是同桌那句话,"你得学会独自学习、生活、面对考试",发觉这句话与我的生活有极致的吻合度,仿佛一根细刺直插心脏般致命。

或许我还没有准备好如何面对接下来的学习和生活,远处的未知,所有的人都告诉我要努力往前冲,哪怕和空气摩擦出的火焰烧伤自己,对现实坚定不移,做一只固执选择扑火的飞蛾,把信念刻在额头,用身体铸就坚实。我最后决定像他们说的那样,做一个生活中虔诚的膜拜者。

在越来越久远和荒芜的未知里,我们从热情洋溢走到冷若冰霜,仿佛溃烂的病原体在我们的身体里凝成痂,涨满了艰涩与疼痛。不管怎么样,生活依然继续,就像《飘》的结尾说过的,明天又是新的一天了。

愿时光安好,愿自己能踏歌前行。

跟过去说 goodbye

文 / 梁焕敏

单纯的你，还好吗

嘿，回忆太多了。我常常仰起头看向天空，看着夕阳的红晕染红了天边，微笑着——对啊，我想起你了，也想起了过去。过去的回忆太多，但是有你的，大多都是微笑——你还好吗？

"楚悠，你画画好厉害呢。"第一次见面的时候，是在一个美术班。我正在画打底稿，你凑过来，念出了我的名字。

我疑惑地看着你，在记忆中搜索着你的信息。可惜，大脑只给我反馈——不认识你。

你有一头卷卷的短发，长长的睫毛贴在脸上，像是个可爱的娃娃。

"你是？"我迟疑了一下，问。

你大大咧咧地笑着，满不在乎地挥了挥手，嘟起嘴巴说："你不认识我，正常啦。我叫做茗欢，你画的那幅《豆豆》好厉害，拿了全国绘画的一等奖，所以我认识你啦。"

我不好意思地笑笑，继续拿着铅笔画底稿，你在一边不时发出惊叹。

那个时候的我啊，只是觉得——你，很，烦。

我是个有些自闭的女孩，我只喜欢把自己圈在一个小小的角落，做着自己的事情，幻想着未来。绘画，只是我表现内心感受的一种方法而已。面对你那时候的崇拜，还真是有点儿不耐烦。

"上课的时候，我可以跟你一起坐吗？"你眨了眨你那漂亮的大眼睛。

"随便。"我甩出两个字，继续干我的事情。

可是上课的时候，你却令我生气了——你不小心打翻了我的颜料桶，我刚刚上完天空的颜色，这下子，整幅画都被你毁了。

你急得都快哭了，无辜地眨着眼睛："啊啊，对不起对不起——这可怎么办啊。"

我头疼地挥了挥手，忍住心中的不快，这可是我画了一个半小时的作品啊！"算了，没事。"

"楚悠，你真好人。"你听了之后，立刻给我个熊抱。

我却只能无奈地扯着嘴角笑。

单纯的你竟然没有感觉到我的不友好。

从此之后，你就成了我专属的"跟屁虫"，我走到哪里你跟到哪里。

是我不懂得珍惜你

你总是殷勤地在我身边，替我买画纸，跑腿……我却一直觉得你烦。

"呦——你的小跟班呢？怎么不见呀？"班上一个女生笑得很妖娆。

我头疼地按着太阳穴："帮我买饮料去了。"

"真是的，成名了，就有小粉丝跟在旁边，很好玩吧。"另一个女生围上来，同样是带着不友好的笑容。"呵呵。"

我也不知道我为什么要这样说："好玩什么啊。她那么笨，总是给我添麻烦。烦都烦死了。天天就知道跟着我，像是跟屁虫一样。"

"呵呵……"她们两个轻笑一声，离开了。

而你刚好回来，把饮料递过来，擦了擦额头的汗水。

真的是个傻瓜呢。

现在想起来，当初的我真的不识好歹。明明在我身边，一直帮助我的是你啊，我怎么会不懂得珍惜呢？竟然还在别的女生面前说你。

那天，你是不是很恨我？

许愿瓶要好朋友一起埋才好

清晨，阳光透过树叶倾斜而下，树下的影子碎了一地。

那个时候，刚好家里出了点事，心情特别不好。

你见了，心情也很低落，第二天一早就骑着你那辆生锈了的自行车，在我家楼下喊我出来——你知不知道，你粗着嗓门的样子，好不淑女。

你带着我到一个山头，不顾肮脏的地面，跪下来扒开泥土，我看着你的手指已经红了。

"你干吗啊！"我叫起来，扯开你。

"嘿嘿，你看我带了什么？"你从口袋里掏啊掏，掏出一个许愿瓶。"你最近遇到什么不开心的事情，就写在里面吧！只要和好朋友一起埋好，烦恼就不见啦——"

我拿着那个透明的许愿瓶，第一次想要落泪。

傻瓜。笨蛋。

那天，我们一起把许愿瓶埋好，可是我却没有说出我的烦恼，而是虔诚地许愿——希望你能够好好的，我们都要好好的。

误会因我而起，对不起

美术老师让我去参加比赛，而我却希望你去。

"老师，茗欢的作品有了很大的进步，为什么不让她去？"因为我的强力推荐，老师这才决定让我们两个比比，到时候谁画得好就让谁去。

你知道消息后，并没有我预料之中的那种傻呵呵的笑："啊，跟楚悠你比呀？我肯定输的——"

"不会的，试试看吧。"我鼓励你。

你却给我一眼复杂的目光，到最后——还是坚定地点了点头。

比赛的时候，我故意不去，以手受伤为理由，你得了二等奖。对于全国性的奖项来说，已经很不错了。

我听到消息后，露出欣慰的笑容。

可是当我见到你的时候，你却一脸仇恨地看着我，我想过去牵你的手祝贺你，你却狠狠地甩开我的手，流着泪朝我吼：

"你假不假啊！你故意不去比赛，还在别人面前说我讨厌！你到底想要怎么样？你对我那么多的抱怨，你以为我就不讨厌你吗？你那么高高在上，每次比赛都能拿到最好的成绩，你为什么要让我去啊？你既然讨厌我为什么不说！我告诉你——楚悠，我恨你我恨你我恨你！"

说完，你头也不回地跑了。

我愣在原地，任风吹拂着我的长发。

我终于反应过来了——肯定是那两个女生告诉你的。我想追上去跟你解释，可是来不及了，我想你真的恨我了。

我不能把眼泪留给你

那天过去后，你再也没有来找我。可能，你真的受不了我，是的，我高高在上……我好心当做驴肝肺，把你伤得那么深。

一年来，你跟在我身边，处处讨好我，想靠近我。而我真正敞开心怀把你当做朋友的时候，你却头也不回地跑了。

是，我真的太过分了。

回忆慢慢涌上来，你清晰的脸庞总是出现在我的梦中，一想到再也不可能和好了，我便泪如雨下。我多么想主动去找你，与你和好——可是，我连你的手机还有住址都没有！你那么了解我，而我却从来没有去了解你。

茗欢，对不起。

我多么想对你说，对不起，可是你没有给我机会。

而再过几天，我就要搬家了，我做出了一个惊人的举动——到学校的广播站去对你说抱歉。只记得那天晚上，你抱着我，感动得泣不成声，说不怪我。我也哭了，可是，我真的要走了。

"楚悠，那天我的话说重了，对不起。"你低着头，泪水滴落下来。

我的泪水也在脸颊上滑落下来："应该是我说对不起，你一直都是我最好的朋友啊，我怎么能够在外人面前说你呢。"

"我们都不哭了！过几天你就要搬家转学了，我不能把眼泪留给你。这件事情就过去吧。我们要看向未来——"你擦干了眼泪，却又有新的眼泪涌出来。

我坐在小车上慢慢离开，背后你那辆生锈了的自行车出现在我的面前。

我又一次忍不住了。

茗欢，你是我最好的朋友，但是，不要想我——因为想念是件很痛苦的事情。

我们都应该朝前面看去，跟过去说 goodbye，未来还值得我们期待，总有一天我们仍会相信。

相信吧，我过去的记忆，曾经的你。

写给 2021 年自己的一封信

文 / 袁义翔

亲爱的义翔：

你好！

20 岁的你，正值青春小伙。有没有回忆起自己的点点滴滴。12 岁的我，还有着稚嫩的话语，还有着淡淡的眉毛。你还会记着那个有些内向的男孩吗？

幼稚的我，用双手绘画着自己的蓝天。稳重的你，到那时做事肯定会不紧不慢。你一定还在大学里用功读书吧！课上的知识，你都能够理解吗？我还只能去遐想我的大学生活。你的情感一定很浓吧！现在的我还只是个会啃咬着铅笔的小学生。我不知道我的快乐还有吗？但我知道，那时的你会一头埋在学习里。

好问的我，总觉得生活就是一个调色板，有红有绿。执着的你，应该会坚持自己的意见。在我的小书房里，那些书你一定会不屑一顾的吧。可我现在还在用这些书当台阶，来追赶你。曾经的这些书本你都还记得吗？那些奇妙的童话故事里总有着我的小天地。或许在你现在的书房里，这些曾经美好的书本已经被淘汰掉。我总是在没事时，设想自己的未来。你一定会觉得我的想法很可笑。这些美好的童年，你只能去回忆了。

胆小的我，总是会遇事缺乏自信。勇敢的你，已经懂得去真正地探

索,去无障碍地向前奔跑。现在,在我的床头还摆有各种玩具。有的威武,有的弱小。那时的你肯定已经扔掉了吧。现在我的世界里,总是有着正义和邪恶。你或许会认为那些无聊的玩具不值得一提。可我的小世界就装在这些玩具里,我的一个小想法就夹在童话书里。长大的你会显得成熟,在玩高科技。现在的我总是认为,玩具会比高科技还好玩。我在默默的等待,等待蝴蝶褪下旧壳飞出,去创造更新的世界。

  天真的我,总是会有着奇思妙想。紧张的你,一定在研究着什么大问题。每天对世界会有所看法,每天会拉开风筝线去追逐梦想。想着蓝天有多大,想着长大会发生什么。你有着自己独特的想法,或许不愿与人交流你的心事。如果你有所成就,那就请追逐我吧。追逐你的童年。我会永远在这里等你!

  祝你

  学习进步,万事顺利!

八年前的你:袁义翔
2013年10月9日

爱上钢琴

文 / 芷仪

"当我坐在那破旧的古钢琴旁边的时候,我对最幸福的国王也不羡慕。"这是著名作曲家海顿说过的话。的确,钢琴是一个神奇的乐器。弹钢琴是一件幸福而优雅的事,钢琴的光芒将照耀每一个接触过它的人前行。

几年前,爸爸妈妈让我学一件乐器,以陶冶我的情操。我选下了钢琴,从此与它结下了不解之缘。

初次学琴,我跟着老师来到琴行。第一曲是音阶。伴随着悠扬清脆的琴声,一阕音符从老师的指尖划过,发出银铃般动听的声音,弥漫着整间琴房。哇!真好听!我迫不及待地向老师请教,弹出了第一串音符。音阶讲究的是快、准、狠。我摆好手型,穿指、越指。嗯,不错!我总算断断续续地弹出来,老师还要我回家多练习,我信心满满地一口答应下来,心中乐滋滋地想着,回家后就能弹出美妙的琴声了。

刚开始,每天中午回来,晚上吃过饭,我都会自觉地弹上一会儿,练习几首小曲子。渐渐地,我开始感到厌烦了。从头到尾,一直反复不断练习着同样曲子,真枯燥、乏味!我开始搪塞父母与老师,只弹自己练得很熟悉的部分,那些高难度的跳音、和弦,全部都糊弄过去。几个星期下来,我的琴技不但没进步,反而大不如前。老师似乎看透了我的心思,单独找我谈话。

"你怎么啦？最近是不是觉得难度大，不想练习了？"

"太难了，我……不会。"

"车尔尼曾这样说：'练习是伟大的魔术师，它使看来无法演奏的乐曲得以演奏，并使它变得容易得心应手。'你不练习，谈何容易？所有人开始都不会弹，但他们不断练习，终于学会了。我相信你一定能行的！"

听了这番话，我想到了我的理想，家长对我的殷切希望……我被打动了，又拿起琴谱继续练，弹了好久，才掌握到一些技巧，但很多地方还是不熟。老师逼我弹了二十遍。我弹得手指发胀，一只只手指头像杨梅一样酸溜溜的。

沮丧、气馁了。望着眼前高雅、优美的钢琴，耳边忽然响起悠扬清脆的琴声，一会儿把我的思绪带入舞会，一会儿又来到雪花飞舞的圣诞节……

我又重新鼓起勇气再次抬起发胀的手指练习起来。

现在，钢琴已成为我生活中不可或缺的一部分。每当我演奏乐曲时，心情也会随着动听的琴音跌宕起伏。每当一串串音符从指尖流泻时，我便会沉浸在优美的琴声中，忘却一切烦恼静静地倾听，倾听琴声的诉说。

是钢琴给了我动力，教会我努力不放弃，教会我乐观，教会我抓紧时间……钢琴是我人生中的导师，不断教会我成长的道理。我爱你，钢琴！

我们爱读书

文 / 戴晨炜

我们爱读书，
薄薄的书里，
都藏着厚厚的谜；
装点了童年多彩的梦想。
经典童书，
是成长生命中不可或缺的三原色。

同行经典，穿越不朽：
让我们背上黄书包，
前往塔克的郊外，
伴着青鸟一起飞翔；
累了，住进草房子，
再编织一张夏洛的网，
听听德国，一群老鼠的童话，
去结识那位特别的女生萨哈拉……

午后的阳光璀璨，
我们在经典童书中采撷花蜜，

搭乘书籍这辆节俭的车，
奔向远方……

阅读让太阳长上了翅膀，
随着跳动的诗行，
跨越一座座高山，
跨出一个真实的自己。
让星星，点点的野花，
开出了属于自己的色彩；

亲爱的老师、同学们，
走了那么远，
我们去寻找一盏灯；
带上水桶和抹布，
让沉在大海里的星星不再灰蒙蒙。

我们同行，
去触摸那个神秘的宫殿，
一起分享那弯曲的小径，
一起讲述那缤纷的世界，
我们必须自己走完这个旅程……

我们知道
今天的我们，
还只是一个羞涩的芽苞，
但是，

但是!
总有那么一天,
总有那么一天!
我们所走的这条路,
必将成为神圣的宫殿,
让我们一起,
去走这条路吧!

我们坚信——
总有那么一天,
所有的阳光都变成叶子,
而所有的叶子都将变成阳光,
我们走过的路
将成为一座令人神往的宫殿!

瞬 间

文 / 董湝哲

人们总是在孤独和软弱时,希望别人体贴和抚慰自己,但却忽略了、忘记了给予的前提。

或许前一刻,我们还在欢声笑语,互相打闹;或许下一秒,上扬的嘴角不再那样漂亮,悦耳的笑声也荡然无存。我们出现在许许多多个空间,我们一直是过客。在观看着这样、那样的风景时,也是一道风景供别人观赏。我们遇到过许多的人,让人伤心的,快乐的,陌生的,永不忘记的,他们出现了,又离开了。只留下渐行渐远的记忆,在某个不知不觉的夜晚,突然回想起来。在某个阳光暖人、微风摇摆着树叶发出好听的声响时记起,曾经的我,曾经的我们。那时候,未来遥远而没有形状,梦想还不知道该叫什么名字,我们只是拉着手走着,围着那棵洒满阳光的大树,无忧地奔跑。会因为一块糖而抢得你死我活,刚刚说着"再也不要理你了",却马上又拉起小手的美好地、天真地的孩童时光。看时光静止,记忆摇曳多姿,多么美好。

后来的后来,我们感叹人生苦短,抱怨坏事总是发生,我们开始低沉、失落、悲伤,再也找不回那孩童的时光。但我们忽略了,在自以为痛苦的生活中,从未曾想过,时时刻刻都有不幸的事情发生。而你能与它们擦肩而过,并在此刻只是聆听这种残忍,已经是多么庞大的幸运和福祉。我们忘记,生命中那些美好的瞬间。

生命在这样的瞬间,显得充满尊严和永恒。

那亦是爱。永无止境。

有梦不觉天涯远

文 / 张以进

外婆家坐落在偏僻的山沟沟里,只有一条蜿蜒曲折的机耕路通到村里。小时候去外婆家拜年,要走十几里山路。运气好的时候,能遇上运货的拖拉机。坐在上面颠簸不停的拖拉机上,能把胃里的东西全部折腾出来。为此,我总是不肯去外婆家。

十二岁那年春节,父亲不慎摔了一跤,腿脚不便,去外婆家拜年的事自然就落在我的头上。我赖着不肯去。父亲就对我说,你去外婆家拜年,外婆会给你一个大大的红包,这个红包就归你了。

听了这话,我马上就同意了。因为我特别想拥有一个属于自己的红包,想用它买几本自己做梦都想看的如《红楼梦》、《西游记》之类的书。

曲折蜿蜒的山道上,行人稀少。山路两旁是翠绿的树木和茂盛的柴草,树丛中还经常会惊起几只飞鸟,扑棱棱地飞进山谷里。虽然有点怕,可想到外婆的红包,我心里像燃着一团火,向前走的脚步也快了很多。不一会儿,我竟然追上了一位老人。山路上难得遇见朋友,和老人打招呼后,得知他也是去外婆家的村里,我紧张的心才慢慢平静下来。

我和老人就这样在山路上边走边聊。老人告诉我说:他是外婆家所在的山村里的人,如今居住在县城里。也许是路途中的寂寞,老人竟然和我说起了他的往事。老人说,他小时候就梦想着走出山村,可是,他那时既没什么本领,也没什么特长,年轻时出去闯荡几年后,因为赚不到什么钱,便又回到了村子里。

到了三十来岁,他遇到一位雕花师傅。雕花师傅看他整天痴痴地盯着那些精美的雕花家具,就问他愿不愿意学手艺,他牙一咬就答应了。就这样,雕花师傅带着他走南闯北。师傅认真地教,他认真地学,二十几年后,他的雕花手艺居然能与师傅媲美。他三十来岁才开始学手艺,当时村里很多人都觉得不可思议。有人问他年纪这么大了还学手艺究竟图个啥?他笑笑说:我只是想圆小时候那个走出山村的梦。

听完老人的故事,我大为惊叹:就是那么一个梦想,让老人在几经波折后,到了三十多岁依然还能拿起刻刀,也正是这把刻刀,让老人实现了他走出山村的那个梦想。

老人的故事讲完了,他问我怎么一个人敢走山路。我如实对老人说:"其实我心里也挺害怕的,不过爸爸答应把外婆给的红包归我。"老人问:"你要红包干什么?"我腼腆地回答:"我想买几套书看看。"

听了我的回答,老人笑着说:"其实,你也是有个梦想的孩子。小娃娃,不错不错!"

不知不觉,我和老人便走到了外婆家所在的山村。老人特意把我送到外婆家,还拉着外婆的手直夸我,让外婆十分开心。

从外婆家回来的时候,我的包里带着两样东西:一样是外婆给我的红包;另一样是老人送给我的一套《三国演义》。老人还特意对我说了这么一句话:"有梦不觉天涯远。"

"有梦不觉天涯远。"当我把这句话说给父亲听后,父亲连连点头赞同。父亲告诉我说:为什么学校里老师会问你们将来想干什么?其实那就是梦想,一个人假如有了梦想,他前进的道路上才不会感到寂寞和遥远。

渐渐长大以后,我终于理解老人话语中的含义。有梦不觉天涯远,每个人的生活都是这样,拥有一个梦想,快乐前行,你就会收获到人生最美丽的风景。

最美丽的风景

文 / 张以进

金晓林是县电视台实习记者,这天,他得到一条新闻线索——有位市民出版了一本非常精美的《光影通济湖》的摄影画册。

金晓林很快找到画册的作者——梅益坚,一个身材矮小的中年男子。

得知金晓林要采访,梅益坚递给他一本画册。金晓林翻开画册,展现在金晓林面前的是一幅幅通济湖的风光美景。美丽的通济湖有时候像婀娜的少女,在春风绿柳中清波荡漾,翩翩起舞;有时候像成熟的少妇,在银装素裹中端庄秀丽,别有韵味;春花秋景,一草一木,通济湖在梅益坚的镜头下显得特别美丽。

"你怎么会想到拍摄这本画册的?"金晓林问梅益坚。金晓林的老家就在通济湖畔的山坡上,他和湖边生活的村民一样,从未发现过通济湖的美。从看到画册那一刻起,金晓林心头就产生了一个疑问:一座普通的水库,在一个普通市民的手中怎么会拥有如此美丽的风景和魅力?

"我是为了儿子才拍这些照片的。"梅益坚回答说。

这一下,金晓林心中的疑惑更多了:拍摄通济湖照片跟儿子会有什么关系呢?

梅益坚告诉金晓林,他38岁那年,妻子不幸患病去世,儿子梅小东很不懂事。有一次,梅小东的考试成绩不好,梅益坚劝儿子要好好读书，梅小东说自己也想好好读书，可总是没什么进步。梅益坚说："读书最关键的是要坚持，每天进步一点点，日积月累，知识多了就会有进步。"梅小东听了冷冷一笑："坚持？！说说容易做做难，你能做到坚持吗？"儿子的反问让梅益坚感到震惊，他觉得自己应该做一件平凡普通的事，让儿子感受到自己的坚持，让自己成为儿子的榜样。

于是，梅益坚买了一架照相机，选择在距县城不远的通济湖拍摄。从此以后，无论春夏秋冬，只要有空闲，梅益坚便去通济湖拍摄那里的湖光山水。有一天下午，天下着大雨，儿子让他不要去了，但他还是披着雨衣赶往通济湖边。等他到达湖边的时候，已经雨过天晴，他拍到了通济湖水上的彩虹。第二天，当他把那张照片放在儿子面前时，儿子朝他竖起了大拇指。

有一张通济湖全景的照片，云雾缭绕，拍得像人间仙境似的。他儿子看了很惊奇，问他怎么拍出那么好的照片。为了让儿子欣赏到照片中的美景，一个假日，他让儿子凌晨3点钟就起床，然后跟着他跋涉了两个多小时的路，爬到了附近一座山岗的顶峰。

就这样，一天又一天，一年又一年，他的照片越拍越美，他儿子也在他的潜移默化下感受到了他的坚持。从此之后，梅小东被父亲的数万张照片感动了，学习开始用心了，最后以优异的成绩考上了北京的一所名牌大学。

"儿子考上大学，你可以松口气了吧。"金晓林问。

梅益坚回答说："送走儿子后，我却发现自己再也离不开美丽的通济湖了。"梅益坚说，每次去通济湖，他都能够发现这里的美，于是，他总是忍不住拿起手中的照相机，把这些美景拍摄下来。梅益坚说："我从一座普通的水库里收获到了人生最美丽的风景。之所以出版这本画册，我想让更多的人明白一个道理：拥有坚持，每个人都能收获人生最美丽的风景。"

拥有坚持，每个人都能收获人生最美丽的风景。梅益坚的话让金晓林为之一震：在电视台实习，选题、采访、撰稿，他遇到了很多困难，心情很是郁闷。《光影通济湖》这本画册也让他感受到坚持的力量。他想：哪怕前进的路上充满荆棘，他一定会用坚持去实现自己的人生梦想。

游上海东方明珠电视塔

文 / 廖雨麒

前阵子，我去了上海，参观了世界第六高塔——东方明珠电视塔。

这么漂亮，这么高的塔我还是第一次看到。好远就看到了由两个粉红的大圆球和三根柱子组成的东方明珠电视塔，等走到塔的脚下，我的心情就更激动了。抬起头，一眼都望不到它的塔顶，整个塔身在阳光下熠熠生辉，特别是第二个大圆球，简直就是阳光下的一块红宝石！

买完票后，我们乘电梯来到了位于第二个大圆球——高达263米的观光层。站在由透明玻璃环绕四周的球体中，整个上海的风光尽收眼底：如芝麻般大小的外滩上的游人，如绿豆般大的自然野生昆虫馆，还有那蜂巢般的海洋水族馆……站在上面，和云雾亲密接触，看到一座座楼房都征服在了自己的脚下，还真有一点"一览众楼小"的感觉，心情就像阳光一样，格外温暖。

沿着楼梯，我还随着人流下到了观光层下面、海拔259米高的悬空走廊。悬空走廊就像一条腰带一样系在第二个大圆球上，只不过它是系在里面的。整个圆形球体里面有两扇玻璃门，门外是由玻璃组成的悬空走廊。

我本想出去看一看，谁知才刚探出一只脚就吓了一跳。因为脚底下全是透明的玻璃，虽然透过玻璃可以看到下面的一切，可是这玻璃扎实吗，万一我走上去它就碎了怎么办——要知道，那可是259米呀！从这么高的地方掉下去，那可真是粉身碎骨了呀！再加上当时风呼呼从头顶上的玻璃墙缝灌进来，偌大的风好像随时要把我掀走似的，更让我这个怕高的人浑身发抖，心都提到了嗓子眼。

就在我准备打退堂鼓挪回塔内时，我居然发现凌空欣赏美丽的正大广场、漂亮的花旗大厦和高耸的汇亚大厦等建筑居然有一种异样的美。"如果这次不看，以后就不知道什么时候才有机会再来上海了。"想到这里，我战胜了内心的恐惧，向着可以看到钢架子的、自己认为更安全的玻璃连接处走去。

说起来你可能会笑我：我弓着腰，半蹲着，手也抖，腿也抖地小心翼翼地往前挨过去。我没往下看，也不敢往下看，生怕自己看了又会丧失勇气无法坚持下去。不知过了多久，也不知道自己的手是怎样挨到一个栏杆的。一挨到栏杆，我的心便踏实了起来，虽然手脚还在抖，但已经没有先前那么厉害了，我已经敢往下看了。看到一座座高高矮矮的楼房踩在自己脚下，看到一辆辆汽车在脚底下穿梭，一股自豪感油然而生，赶紧摆了几个Pose，催着爸妈赶紧用相机帮我留下那精彩的瞬间！

在塔上玩了个把小时之后，我才依依不舍地和东方明珠电视塔分别。在回去的路上，我还边走边回头，想多看一眼这座世界高塔。

第一次独自出国

文 / 谭珺天

我的妈妈有一个韩国的好朋友,他就是我的林爷爷,林爷爷一直让我有机会能去韩国旅游。今年暑假,我勇敢的妈妈让我做了一件惊天动地的事情——独自出游韩国。我当然想出国喽,但是我才九岁,让我一个人去那么远的地方,我非常害怕,还为此大哭了一夜呢!时间过得真快,我就要出发了!不知道是哪里来的勇气,机场分别的时候,我不但没哭,还节省了妈妈一大堆眼泪。我一手拉着行李,一手拿着护照,真真切切踏上了独自出国的旅途。

十一天的韩国之旅,给我留下印象最深刻而难忘的是那美丽的风景、彬彬有礼的人、还有丰富多彩的异国生活。

一、美丽的韩国

韩国是一个多山的国家,听爸爸说,韩国的面积只有浙江省那么大。你别看它是个小国家,那里的人都非常爱护环境,自然风光美丽。早上我推开窗户,能看到又绿又高的山,远远望去就像一位位绿神保卫着韩国的和平。山上的树木又翠又茂盛,好像一把把碧绿的阳伞,为人们遮阳避暑。小草更是嫩绿极了,仿佛一个个穿着绿衣裳的小弟弟,调皮地探出脑袋来。花儿也争先恐后地盛开着自己美丽的花瓣,但又像是在竞选"最美的花王",在微风中得意地翩翩起舞。

二、彬彬有礼的韩国人

来到韩国，你会发现一个奇怪的现象——韩国人个个都非常有礼貌，不管是在商店、电梯、教堂，甚至厕所里，见了面都会鞠躬握手。马路上很干净，行人很少，车辆川流不息，但大家都会自觉保持安全的距离，高速公路上几乎看不到有超车的现象。韩国人还特别尊老爱幼，每天我的林奶奶要去上班，所以我必须赶在她出门前起床，并要走到门口为她送行，这个早起的习惯让我改掉了睡懒觉的坏习惯。

三、开心玩转韩国

我的林爷爷为我安排了很多丰富多彩的活动，我们一起去了乐天世界、动物园，参观了国立现代美术馆、水族馆，看了4D电影，玩了水上世界，还到韩国的农村住了几天。每天上午我都会去游泳，到了傍晚我会沿着汉江去骑单车。有天，我骑单车时，路上一辆又一辆的自行车超过了我，路边还有两只一模一样的风筝在空中表演起了杂技，我看那些超过我的人都停下来抬头欣赏风筝表演时，我一边暗暗对自己说："机会来了！"一边加快了骑车的速度，这样一下子就超过了前面的十几辆车子。这时我突然想到，学习不就像骑车吗？只有坚持不懈不停地前进，才能超越对手，如果放松警惕，半途而废，我们就会原地踏步，被后面的人所超越。

韩国的时间过得又快又慢。当我想妈妈的时候，我觉得时间真的好慢，而当我要回国的时候，我又觉得时间过得很快。独自出游韩国，让我学会了——自己整理房间、自己洗衣服、自己梳头、自己洗碗、自己照顾自己……当我离开了爸爸妈妈，我才知道我有多么地爱他们。

终于回国了，妈妈见到我说："天天，你黑了，变结实了，更自信了！"我爱韩国，我更爱我的祖国！

远离危险才有真正的快乐

文 / 余果

"危险"和"安全",这是我们从小学低年级就学会的一对反义词。平时,老师和家长总教导我们不要做危险的事情要注意安全。而且,避险与自保,也是人的本能。但是,事实上,生活中也有不少人罔顾安全常识,做出一些伤害自己甚至伤及别人的事情。在我们班上,就曾经发生过这种鲜活的例子。

我上小学三年级的时候就发生过这样一件事。一眨眼的工夫,暑假就过完了,我又回到了熟悉的校园。一个同学以独特的姿态进入同学们的视线——她正是伊方方。引人注意的不是她高了还是胖了,而是她一条胳膊上多了一个厚厚的石膏。听同学说,伊方方暑假里和别人一起玩时,逞强从高台上往下跳不小心摔断了胳膊——那时,她的家长正在一边看着却来不及阻止她。

我很同情伊方方。但是,这件事却让我意识到,即使家长和孩子寸步不离,孩子还是可能会遭遇危险。看来,安全问题不是家长在身边就能完全避免的,最重要的还是我们自己。每个孩子不光要脑子里有安全意识,还要在行动上克制自己不去做危险的事情。

还有一件事情,就发生在我们班教室里,全班人都亲眼目睹了事情的过程。

那是一个课间,和往常一样,教室里似乎变成了热闹的"市场"——

同学们有的三三两两聚在一起聊天，有的拿着作业请教别的同学，有的几颗头挤在一起争看一本有趣的书……闹得最欢的是小阳同学和其他几名男生，他们一会儿跑，一会儿跳，像小松鼠似的在紧挨着的桌椅之间灵活地穿来穿去——这拥挤的教室，仿佛成为了他们尽情冲刺的跑道。看他们玩得这么疯，一些同学还在一边拍手为他们鼓劲。

就在一片嘻嘻哈哈声中，不幸突然发生。小阳跑着跑着，一下子被旁边一个同学绊倒。更不幸的是，他的头一下子磕在讲台坚硬的角上，鲜红的血马上就顺着额头流到他的脸上。这下，同学们都慌了神，有的人上前扶起小阳，有的人跑去叫老师，有的人拿纸巾给小阳擦血迹，有的胆小的女生发出了害怕的尖叫声……

从小阳摔倒到流血，短短的几秒钟而已。我想，幸而小阳只是磕破了皮，如果伤到眼睛，那岂不是更严重了？如果小阳他们听从老师的教导不在教室里奔跑打闹，或者在玩闹之前某位同学说上一句："这里太挤了，上体育课时我们去操场玩！"或者那位看热闹的同学没有绊倒小阳……那么，这起流血事件也许就能避免了。

爱玩爱闹、爱蹦爱跳，这是每一个孩子的天性。我们在快乐地和小伙伴玩耍的时候，一定要把"远离危险"这四个字牢牢地装在脑子里——因为只有保证了安全，快乐的笑容才会在我们脸上长驻！

感恩池

文 / 凌于婷

新学期到来了,我又回到我的母校文清路小学环城校区。新学期,虽然学校新添了很多设施和景点,但我还是觉得感恩池最美丽,最特别,最亮眼!

感恩池就在校园的正门口,每天上学放学都可以看到。感恩池由假山、水池和摆在假山顶上的盆景三部分组成。假山是用水泥砌成的,大概有三四米高,四个小朋友手拉手才围抱得起来。灰色的假山,靠着教学楼的白墙,就像白纸上滴了一滴墨一样,特别显眼。假山的盆景有五盆,有三角梅、月季、迎春花,还有两盆叫不出名儿的花儿。只要花儿一开,假山就立刻变得五颜六色起来,别提多漂亮了!风儿一吹,花儿就随风起舞。那风中摇晃的枝条,就像姑娘扭动的腰肢。最漂亮的还是要数那从假山上流淌而下的瀑布了。瀑布的水是那样干净,那样洁白,在阳光的照射下,简直就是一条巨型的铂金项链在闪闪发光。瀑布的水就跌落在山下的水池里。池子清可见底。一阵风吹来,水面波光粼粼。如果你仔细观察的话,你还会发现感恩池中还有好些顽皮的"孩子"——金鱼。它们有时躲进石头缝中,有时把头伸出水面游来游去……

当然,最引人注目的还是假山上刻着的那八个大红字——"滴水之恩,涌泉相报"。我想,这应该是学校老师把感恩池建在学校正门口的原因吧。每天上学、放学,我们都要和它见面,仿佛在提醒我们:时刻要牢记做一个感恩的人!

"酸甜苦辣"的跑操

文 / 徐兰

跑操,是一项非常讲究的运动,它注重团队高度的集中和充沛的精神。像这么讲究的运动,当然也少不了酸甜苦辣咯。

酸

每天只上三节课——语文、数学和英语,外加一堂早读课。其余的时间都用来练习跑操。每当广播里响起"五、六"年级下来整队的声音时,我们都强打起精神来,因为我们深知,跑得不好还要重跑,哎,腿好酸呐!

甜

虽然跑操很累,但是有秦祺这个"开心果",在哪儿都有笑声,一点也不觉得累。他一会儿说几个能让我们笑破肚子的笑话,一会儿又摆出一副正经的面孔来逗你笑。这可真是跑操里一道美丽的风景线。

苦

当一到四年级的学生还在教室里悠闲地读书的时候,我们五六年级的学生可是已经在为学校的荣誉奋斗着。我现在才真正知道什么叫"忆苦思甜"。每天中午吃得饱饱的去跑操,下午肚子就响起了"空城计"。这可令我的肚子比纸还薄啊。

辣

虽说秦祺是我们的"开心果",但他也是名副其实的"捣蛋大王",老师把秦祺安插在我的后面,无疑是给我安排了一个"定时炸弹"。排队时,他一会儿扯扯我的衣服,一会儿又话里有话地说沈琴长得很胖……

哎!酸甜苦辣样样都有,真不枉我认真体验了一下。

无声的涅槃

——致我心中永远的"林黛玉"

文 / 王黎冰

轻轻地,你来了,正如一缕风。

轻轻地,你走了,好像一片云。

让时光倒流二十年,我猜想你拥有的那个时刻,一定是个静谧的夜晚。

轻轻地,你来了,正如一缕细微飘飞的风。

在灰暗的圆明园遗址前,自荐要出演林黛玉的你发下了一个惊天的誓言:曹雪芹说林黛玉是水做的骨肉,而我要演绎一个有血有肉的林黛玉!

你面对众多竞争者,面对电视剧《红楼梦》总导演王扶林及红学家的严格考核,才华出众的你快捷、完整地回答了一百多个红楼梦问题,用心、用泪、用情挥笔写下了咏柳絮的诗词,令考官们异口同声地说:林黛玉就是你!你就是林黛玉!!

是的,此后,你用自己毕生的精力,一生的心血,去诠释一个全新的绛珠仙子,去完成了一个当时批评众多、到如今赞誉不绝的林黛玉!

游走在你的形象里,我沉醉于斯:你的伶牙利齿,你的琴棋书画,你的高雅气质,你的一言一行,都淋漓尽致地展现在世人的面前……

你的微笑，让我们勾魂摄魄；你的流泪，让我们悲痛万分！

你带着几分笑容、几许忧伤走进了红楼梦的感情世界，风风雨雨几年后，曲曲折折几年里，你成为了另一个真正的林黛玉，你也成就了史无前例的林黛玉。你残留着黛玉的泪痕走出那片天地，你保留着黛玉的伤痛跨入另一个事业的空间，去寻找自己的另一半人生道路。

我不知道，你是开始蜕变还是某种继续，你把自己的一切当成了生活中最最真实的林黛玉，像游离于失落庄园的一副空壳，像独行于蝴蝶梦里的孤独女人。你很在意身边的人和事，朋友间一个无意的眼神，你就会悄悄地心颤；别人无意的一句言语，你就会偷偷地落泪；一次失利、一次坎坷、一次伤怀，都会让你的心变得伤痕累累，让你的情变得黯然伤神！

这样的来来去去，如此地往往复复，你就会感觉自己的那颗心不堪重负，而开创事业的艰辛、成就未来的残酷，早已把你黛玉的内心撕裂得支离破碎⋯⋯

我想说，生活不如艺术作品里面那样完美，也不如诗词歌赋那般甜美，人生的路上啊，铺满了更多的坎坷和荆棘！

可这些，你知道吗？

无数的生活经验、无数的历史教训都告诉我们，面对失败不气馁，面对胜利不狂喜，要有佛家的得而不喜，失而不忧的心态。然而，我们都还是普通人，还无法超越自己，使自己随遇即安，知足常乐。因此，宠辱不惊，淡泊名利，心若止水等等，这些对你来说，或许很难做到，但这毕竟是一份做人的心态，做人的美德，应该努力去适应！我还清楚一些老掉牙的话语，什么成不了歌唱家不必难过，成不了舞蹈家、科学家也不必灰心，毕竟爱因斯坦只有一个，我们可以尝试着做其他的，使自己成为真正的自己！

可你啊，竟不相信这样的话，你尽管内心世界复杂纷纭，可你依旧把自己全身心投进整个事业之中，拚命地、忘命地工作着。或许你认为，只有这样勤奋地劳作忙碌，才能够弥补心灵的巨大缺陷？！

可惜，是非如此，事与愿违，你用自己一生的幸福和快乐作为一笔赌注，博弈之后，你结果输得什么也没有留下！

轻轻地，你走了，好像一片飘移不停的云。

那一天，你突然与林黛玉的话题连在了一起，我和人们开始关注着你。

我闻知，你患上了癌症，出人意料地拒绝了治疗，固执地以为中医和佛教能够使你脱离疾病的困扰。

于是，你或许是微笑着或许是忧伤地向辉煌事业告别，然后与相濡以沫的丈夫各奔东西，遁入空门。

我想，三千青丝，万般情愫，在你眼前纷纷飞扬，若过往烟云，从此的你啊，静静地闭上双眼，双手合十，默默地独卧青灯古佛旁。

是的，所有世间的人们哦，他们为了不同的目的，可以逾越做人的准则、人格的底线，重新做一次无奈的选择，于心中的明月之上，自己给自己笼罩着一层挥之不去的阴霾。

你呢，是不是也如此？！

黛玉每至闲暇，愿在落花中独立，看微风细雨燕飞，柳落如烟中笔墨生香，流连于诗词海洋中,只求在华丽的辞藻里寻求唯美的精神……

你哟,真真同黛玉一般,领略了人生的真谛,感受了生活的沧桑,体味了生命的分量……于是,你从从容容地告别了这个世界。你和黛玉一样,花谢花飞飞满天,红消香断有谁怜,虽然芳魂已散,但美好的形象长存于我们心间!

如今,你踏入了通往天国的不复之路,我们都想象过,你在一边往前走着,一边回头张望留恋这世界,留下了意味深长的最后一眼。

当天边最后一颗星星消逝时,就是你到达天国的时候,就是你到达你梦寐以求的真实与虚拟的另一个世界之日!

我想着,人生其实是一场旷日持久的旅程,追逐中总会有收获与失落,在对人生的叩问中,我们都似乎明白,"当我们无路可走的时候,只要坚守住心中的明月,迷惘中总会又见希望"。可是你哦,你好像还没有明白清楚这句话,你就已经匆匆走了!

也许,你向往风筝高挂的天际,但只有把握住人格之线头,风筝才不会迷失方向。而现实中的你,你这面弱小的风筝,在红尘飘摇之中,飘拂着出现了线断,飘拂着出现了命断……

一颗灿烂的流星划落,让我们又一次失落、伤感!

我想象着,尽管流星的过程如此短暂,可那闪闪的流星的划落轨迹,好似一个生命发完光与热后,最后产生了无声的涅槃!

你的生命如此短暂,却在生命的末端再一次呈现你的光和热,把你那颗本来就淳朴、善良、美丽的心灵留存下来,永远照耀着我们!

轻轻地,你走了,好像一片渐行渐远的云。

真实的黛玉哦,我们怕你在天国孤寂,给你送上祝福:愿你一路走好!

落 叶

文 / 徐毅

刮过的风
带走了我
曾经的甜美
将我埋葬于秋天的草地
飘过的
是幸福的味道
静静入地
将大地渲染
风刮走往日的辉煌
我期盼美好的未来
但我已落入大地的怀抱
时间的脚步不会停止
看高高的树林
我曾经的母亲
苦苦的昨天
将我重生于春天的彩虹
永远
永远

星星颂

文 / 徐毅

天上划过黑色的音符
地下的热闹将再次沉睡
皎洁的月光啊
呼唤昨日的星星

当宁静袭来
大地啊
开始入睡
点亮天空的星星
守住光明的灯
当黑夜来临
闪耀的月亮啊
等着昨日的星星

期盼明天的太阳
忘记烦恼
沉睡于星星的空中
划过的流星

寄托着
思念和期盼
昨日耀眼的星星啊
将天空照亮
诉说着美好的未来

当太阳高高挂起
你越过了另一个世界
不希望有人记住你
划过静静的弧线
星星啊
当黑夜重返
你将带着希望
装点我们的星空

微弱的灯

文 / 徐毅

一盏
两盏
微弱的灯
光明的眼睛
在黑暗中给人关爱

五盏
六盏
微弱的灯
微弱的光明
汇成大大的太阳
温暖人心

微弱的灯
千千万万盏
把黑变白
点燃心中的火花

操 场

文 / 荆卓然

一条条跑道
就像我们从出生到现在
走过的人生

父母为我们指明了前进的方向
为我们清理了路上的障碍
我们在一条条跑道上
印下了娇滴滴的足迹

沙坑里女生一跃娇无力
男生一跃没几米
九零后的弹跳力
只在跳跳床上显威

篮球场上的男生
一个帅气的投篮姿势
就把篮球和自己
投进了女生的心里

小雪花

文 / 唐宇佳

我是一朵
寒风中
挺立的洁白
温暖的季节
我与街上的风景
无缘

当百花凋谢
万物沉睡时
悄悄潜入的阳光
告诉我
一生的繁华
就要来临
告诉我
一生的美好
就要来临

石头的价值

摘编 / 刘青

一座庙里有两个和尚，老和尚是师父，小和尚是徒弟。师徒两人一起念经，打扫庙宇，生活得平静而开心。但是老和尚发现徒弟有一个缺点，就是太自卑，在人面前腰杆都挺不直。这对小和尚的成长有很大害处的，于是，老和尚就想着如何让小和尚变得自信起来。

一天，老和尚从后院的菜地里捡了一块非常普通的石头，洗干净后给小和尚说："明天你拿着这块石头去菜市场卖，但别人给你多少钱，你都不要卖。"

第二天，小和尚拿着石头来到山下的菜市场，蹲在一角落里开始卖石头。人们见他在菜市场卖石头觉得很好奇，就七嘴八舌地问起来："小和尚，你为什么来这儿卖石头啊？"

小和尚说："是我师父让我来的。"人们就开始打量那块石头，怎么看都觉得是块普通的石头，不值几个钱。这时一个好心人说："我出三个硬币你卖给我吧！"可是小和尚谨记老和尚的吩咐，没有把石头卖给那位好心人。

傍晚的时候，小和尚带着石头回到山上。

过了几天，老和尚又拿出那块石头对小和尚说："明天你把这块石头拿到黄金市场去卖，还和上次一样，无论别人出多少钱，你都不要卖。"

第二天一大早，小和尚就开始下山去黄金市场，人们觉得好奇，但又觉得是老和尚叫他来黄金市场卖肯定这石头不一般。有一人出一千块钱愿意买那块普通的石头，小和尚谨记老和尚的嘱咐，没有把石头卖掉。

又过了几天，老和尚再次拿出那块石头对小和尚说："明天你把这块石头拿到珠宝市场去卖，还和上次一样，无论别人出多少钱，你都不要卖。"

第二天，小和尚拿着石头来到珠宝市场。珠宝市场里南来北往的人很多，大家都忙碌着做生意，没有人注意到小和尚，于是，小和尚就开

始大声喊起来:"卖石头了,卖石头了!"大家被小和尚的叫喊声吸引过来,看看他的石头说:"小和尚,你怎么到我们珠宝市场里面卖石头啊!我们这里只卖珠宝,不卖石头。"

小和尚说:"是我师父叫我来卖的。"

一个狡猾的商人心想:"既然是他的师父让他来这里卖,这石头里肯定有无价的宝玉,不能让别的商人买走了。"这个商人说:"我出十万,你把它卖给我吧!"别的商人一听,马上就有人说:"我出二十万!"有的说:"我出三十万。"小和尚没有想到这块普通的石头能卖这么多钱,眼睛瞪得大大的。他说:"不卖不卖,师父只是让我来问问价格,不让我真卖。"

众商人听了小和尚的话,拦住他,纷纷表示愿意出更高的价格来买。小和尚听后慌忙地抱着石头跑走了……

回到寺庙后,百思不得其解的小和尚急忙问师父:"师父,真是奇怪了,这明明只是一颗普通的石头,为什么竟然有人愿意出那么多的钱来买?"

老和尚听了,只是淡淡地说:"我告诉你,当它被放在菜市场的时候,就只有菜市场的价钱;当它被放在黄金市场的时候,就有了黄金的价钱;当它被放在珠宝市场的时候,就是价值连城。"

一块普通的石头在不同的地方它的价值也随之改变。人也同样如此!自信的人价值百万,自卑的人一文不值。聪明的小和尚明白了师父的用意,从此以后变得自信满满。

生活中的我们不论什么时候,都要对自己抱有自信的态度,相信自己所拥有的就是最好的,这样我们不仅会更加珍惜自己拥有的东西,也会让别人尊重我们。你觉得自己是块金子,你就真的会发光,得到金子般的待遇,觉得自己是块泥土,那么就真的一文不值了!

有一种失败叫瞎忙

摘编 / 琦琦

在一个山谷的禅房里有一位老禅师,他发现自己有一个徒弟非常勤奋,不管是去化缘,还是去厨房洗菜,这个徒弟从早到晚,忙碌不停。

这小徒弟内心很挣扎,他的眼圈越来越黑,终于,他忍不住来找师父。

他对老禅师说:"师父,我太累,可也没见什么成就,是什么原因呀?"

老禅师沉思了片刻,说:"你把平常化缘的钵拿过来。"

小徒弟就把那个钵取来了,老禅师说:"好,把它放在这里吧,你再去给我拿几个核桃过来装满。"

小徒弟不知道师父的用意,捧了一堆核桃进来。这十来个核桃一放到碗里,整个碗就都装满了。

老禅师问小徒弟:"你还能拿更多的核桃往碗里放吗?"

"拿不了了,这碗眼看已经满了,再放核桃进去就该往下掉了。"

"哦,碗已经满了是吗?你再捧些大米过来。"

小徒弟又捧来了一些大米,老禅师让他沿着核桃的缝隙把大米倒进碗里,碗里竟然又放了很多大米进去。这时,他突然间好像有所悟:"哦,原来碗刚才还没有满。"

"那现在满了吗?"

"现在满了。"

"你再去取些水来。"

小徒弟又去拿水，在少半碗水倒进碗之后，这次连缝隙都被填满了。

老禅师问小徒弟："这次满了吗？"

小徒弟看着碗满了，但却不敢回答，他不知道师父是不是还能放进去什么东西。

老禅师笑着说："你再去拿一勺盐过来。"

然后，老禅师又把盐化在水里，水一点儿都没溢出去。

小徒弟似有所悟。

老禅师问他："你说这说明了什么呢？"

小和尚说："我知道了，这说明了时间只要挤挤总是会有的。"

老禅师却笑着摇了摇头，说："这并不是我想要告诉你的。"

接着老禅师又把碗里的那些东西倒到了盆里，腾出一只空碗。

老禅师缓缓地操作，边倒边说："刚才我们先放的是核桃，现在我们倒着来，看看会怎么样？"

老禅师先放了一勺盐，再往里倒水，倒满之后，当再往碗里放大米的时候，水已经开始往外溢了。这时，老禅师问小徒弟："你看，现在碗里还能放得下核桃吗？"小和尚摇摇头。

老禅师说："如果你的生命是一只碗，当碗中全都是这些大米般细小的事情时，你的那些大核桃又怎么放得进去呢？"

小徒弟这次才彻底明白了。

如果我们整日奔波，异常的忙碌，那么，我们很有必要想一想："我们怎样才能先将核桃装进生命当中呢？如果生命是一只碗，又该怎样区别核桃和大米呢？"

如果每个人都清楚自己的核桃是什么，生活就简单轻松了。我们要把核桃先放进生命的碗里去，否则一辈子就会在大米、芝麻、水这些细小的事情当中，核桃就放不进去了。

所以，我们都应想一想：生命是一只空碗，我们应该先放进去什么，后放进去什么，什么才是自己的核桃？

釉面砖铺就的人生

摘编/谷雨

有一个贫穷的女士，15年来一直靠给一个小旅馆做帮厨生活。生活虽然很艰难，她还是省吃俭用地攒了一点钱，并用这点钱去听了一场演讲。演讲者是一位在当时非常著名的演说家。他的演讲深深地感染了她，也触动了她。演讲结束后，她去拜访了那位演讲家，说非常羡慕演讲家一生拥有那么多机会，而她自己却从来没遇到过任何机会。

演讲家问她是做什么工作的。她说她做帮厨，主要工作就是剥剥洋葱、削削土豆之类的。

演说家问她："您做这事多长时间了？"。

"都已经干了15年了，难熬的15年啊！"

"您工作的时候坐在哪里呢？"

"您为什么问这个？"她感到非常迷惑，"我就坐在厨房最低的一级台阶上。"

"那么，您把脚放在哪里呢？"

"放在地板上啊。"她惊讶地望着演说家。

"那地板是什么样的？"

"是用釉面砖铺就的。"

著名的演说家说道："亲爱的女士，今天我要给您布置一项任务。我想让您写一封信给我，谈一谈您对砖的认识。"

第二天，当这位女士坐在厨房的台阶上剥洋葱的时候，目光不禁聚焦在了釉面砖铺就的地板上。她专门跑到砖厂向厂主请教砖头是如何制造出来的。对于厂长的解释她并不满意，于是，她又跑到了图书馆。通过查阅资料，她了解到，在当时的英国，一共有120多种砖瓦在生产。她还发现了已经存在了数百万年的黏土层是如何形成的。她已经完全沉浸在她的研究之中了，她的思想也已经被她的研究完全占据了。每天晚上，她都会准时到图书馆查阅资料。

经过几个月的研究之后，她按照演说家的要求写信，在这封长达36页纸的信中，她详细地介绍了厨房里地砖的有关情况。令她吃惊的是，不久之后，她就收到了回信。随信而来的，还有她的研究所获得的报酬。原来，那位演说家把她的信拿去发表了！不仅如此，演说家又给她布置了一项新任务：写一写她在厨房地砖下面发现的东西。

女士受到了极大的鼓舞，在厨房撬起一块砖头一看，发现下面有一只蚂蚁。

那天晚上一下班，她便急匆匆地赶到图书馆，去查阅有关蚂蚁的书籍了。通过研究，她了解到世界上有好几百种各种各样的蚂蚁。有的蚂蚁很小很小，小到可以站在针尖上；而有的则很大很大，大到放在手上都能感觉到它们的重量。为了便于研究，她还专门养了一群蚂蚁，每天都拿着放大镜仔细观察。

经过几个月的观察与研究，她把她研究蚂蚁的发现写成了一封长达350页的"信"寄给了演说家。当然，这封"信"最终也发表了。不久之后，她便辞去了那份帮厨工作，开始了她的写作生涯。

人生成功的秘诀就在于当机会来临时，能立刻抓住它。而机会从来都不会主动找上门，智者懂得去寻找和制造机会，而愚者只会等待机会。

低调的人离成功最近

摘编 / 王博文

一个人不管取得了多大的成功，面对纷繁复杂的社会，也应该保持做人的低调。有道是：地低成海，人低成王。低调做人不仅是一种境界、一种风范，更是一种思想、一种哲学。

生活需要低调，为人处世更不可不"低调"，低调代表着成熟和理性。低调的人，往往是人群中的不凡之人，也是最后的强者。唯有低调的人才能够在现如今的世态纷扰之中坚持淡定从容的志趣，以平和乐观的心态来面对风云莫测的人生。

纵观古今中外，很多有成就的人也都是低调做人的典范，他们的成功得到了社会广泛的认同、支持和美誉。所以，在这个波诡云谲的世界里，只有懂得低调做人的人，才能够在社会这个纷繁的大舞台上扮演好自己的角色，才能够在人生的旅途中走好每一段路。从而在复杂的人际环境中绕开弯路，开创出一个广阔的发展空间，成就辉煌事业，演绎精彩人生。

有位著名的商界巨贾曾给自己的儿子开出了一条训词：树大招风，低调做人。可见，低调做人不仅是普通人的处世圣经，更是成功者的做人训诫。

从某种意义上说，低调做人也是成功者的行事规则。在一般人心目中，所谓成功者多指那些出了名、升了职、赚了钱的人。他们的人生光彩四射，炫人眼目，风光体面，令人艳羡。殊不知，越是出人头地，越应该学会低调做人。要知道，在这个世界上，谁都没有条件和资本把风头出尽，把风光占尽，把风采夺尽。如果有谁想试图占尽这一切，那么，他就违背了低调做人的规则，就会因此而撞墙头，跌跟头，碰霉头，掉链子，丢面子。

三国时的曹操很注重接班人的选择。长子曹丕虽为太子，但次子曹植更有才华，文名满天下，很受曹操器重。于是曹操产生了换太子的念头。曹丕得知消息后十分恐慌，忙向他的贴身大臣贾诩讨教。贾诩说："愿您有德性和度量，像个寒士一样做事，兢兢业业，不要违背做儿子的礼数，这样就可以了。"曹丕深以为然。

一次，曹操亲征，曹植又在高声朗诵自己做的歌功颂德的文章来讨父亲欢心，并显示自己的才能。而曹丕却伏地而泣，跪拜不起，一句话也说不出。

曹操问他什么原因，曹丕便哽咽着说："父王年事已高，还要挂帅亲征，作为儿子我心里又担忧又难过，所以说不出话来。"

满朝文武都为太子如此仁孝而感动。相反，大家倒觉得曹植只晓得为自己扬名，未免华而不实，有悖人子孝道，作为一国之君恐怕难以胜任。毕竟写文章不能代替道德和治国才能，结果，太子还是原来的太子。曹操死后，曹丕顺理成章地登上魏国皇帝的宝位。

其实，在刚开始，曹丕极不甘心自己的太子之位被弟弟夺走，他想拼死一争，却又明知自己的才华远在曹植之下，很难取胜。但他毕竟是个聪明人，经谋士贾诩的点化，脑瓜顿时开窍：争是不争，不争是争。与其争不赢，不如不争，只需恪守太子的本分，低调一点。最后，在这场兄弟夺位之争中，低调的曹丕以不争而保住太子之位。

《菜根谭》上有句话更耐人咀嚼："路径窄处，留一步与人行；滋味浓的，减三分让人尝。"世界之大，人际之繁，何必把自己抛到风头浪尖上呢？低调做人更是一种强者行走社会的哲学。低调做人，不要小聪明，让自己始终处于冷静的状态，在"低调"的心态支配下，兢兢业业，才能做成大事业。

拥有一颗感恩的心

摘编 / 陈仁

曾经看到过这样一个故事：一个生活贫困的男孩为了积攒学费，挨家挨户地推销商品。

傍晚时，他感到疲惫万分，饥饿难挨，而他推销的却很不顺利，以至他有些绝望。这时，他敲开一扇门，希望主人能给他一杯水。开门的是一位美丽的年轻女子，她却给了他一杯浓浓的热牛奶，这杯热牛奶让男孩感激万分，让他又重新鼓足了信心。

许多年后，男孩成了一位著名的外科大夫。有一天，一位病情严重的妇女转到了他所在的医院。他为这位妇女做完手术后，惊喜地发现这位妇女正是多年前在他饥寒交迫时，给他热牛奶的年轻女子，而这个女子目前正在为昂贵的手术费发愁。于是，这个外科大夫便悄悄为这名女子把手术费交了，并在她的住院单上写了一行字：手术费＝一杯热牛奶。

知恩图报是中华民族的传统美德。感恩，是对别人给予自己付出的回报，是一种豁达、阳光的人生态度。拥有一颗感恩的心，即使身处逆境，也会时来运转，会有贵人来帮助我们渡过难关。

西方哲人康德曾说："世上只有两种东西令我感动，一个是仰望夜空时璀璨的星空，另一个是人世间至高无上的品德。"感恩是一种美，感恩是一种德，感恩是塑造完美德商指数的终极目标，也是我们快乐人生的追求。

在竞争激烈的现代社会，仅仅有点成绩、有点才能还远远不够，仅仅看重自我的才华，而忽视别人的帮助也是不够的，只有具备了美好的品德，拥有了感恩的心态，才能拥有和谐生活，才能拥有光明的前途。

世界科学巨匠霍金是一个在轮椅上生活了三十余年的高位瘫痪的残疾人。命运之神对霍金，在常人看来是苛刻得不能再苛刻了。然而他却说："我的手还能活动；我的大脑还能思维；我有终生追求的理想；我有爱我和我爱着的亲人与朋友；对了，我还有一颗感恩的心……"

在生活中，处处存在着值得感恩的地方。学会感恩，让我们对生活多了份欣赏，多了份爱，少了份挑剔，少了份抱怨。感恩能让平淡生命焕发出不一样的精彩。

美国总统罗斯福家失盗，被偷去了许多东西，一位朋友闻讯后，忙写信安慰他，劝他不必太在意。罗斯福给朋友回信说："亲爱的朋友，谢谢你来信安慰我，我现在很平安。感谢上帝，因为第一，贼偷去的是我的东西，而没有伤害我的生命；第二，贼只偷去我部分东西，而不是全部；第三，最值得庆幸的是，做贼的是他，而不是我。"

一个懂得感恩的人，总是能虔诚、认真地面对生活中的挑战。一个懂得感恩的人，总会对生活心存感激，对生活保持着一份欣喜与热爱。

活着，就应该感恩，感恩父母给予了我们生命；感恩老师给予了我们知识；感恩企业为我们提供了实现自我价值的平台；感恩在困境中帮助过我们的人，是他们让我们坚定了信念；感恩在顺境中忠言提醒我们的人，是他们帮我们校正了航向；感恩污蔑我们的人，是他们让我们知道正人先正己……

一个懂得感恩并知恩图报的人，才是天底下最富有的人。感恩是一份美好感情，是一种健康心态，是一种良知，是一种动力，也是一个人取得成功的重要条件。人有了感恩之情，生命就会得到滋润，并时时闪烁着纯净的光芒。永怀感恩之心，常表感激之情，原谅那些伤害过自己的人，人生就会充实而快乐。

在人生旅途中，我们应怀揣一颗感恩之心，去面对我们身边的每个人：

感恩批评我们的人，因为他让我们学会了进步

感恩羁绊我们的人，因为他强化了我们的意志；

感恩放弃我们的人，因为他教会了我们要独立；

感恩欺骗我们的人，因为他增长了我们的阅历；

感恩伤害我们的人，因为他磨砺了我们的心志……

控制情绪是一种涵养

摘编 / 菲菲

《三国演义》中,有著名的"三气周瑜"的故事。第一气:周瑜和诸葛亮约定,如果周瑜夺取南郡失败,刘备再去取。周瑜第一次夺取时失利受伤,遂后又将计就计打败了曹兵。然而就在周瑜打败曹兵之际,诸葛亮却乘机夺取了南郡等地。这样一来,诸葛亮既不费吹灰之力地巧夺了地盘,又没有违反当初和周瑜的约定。这个哑巴亏让周瑜恼怒至极。

第二气:周瑜想让刘备与诸葛亮、关羽、张飞等人长期隔离,并且想用声色迷惑刘备,使之丧失得天下的雄心。于是,在刘备的夫人去世后,便建议孙权假装把妹妹孙尚香许配给刘备,想把刘备骗到东吴后将其杀害。诸葛亮马上就识破了周瑜的计谋,不但用计让刘备偕夫人孙尚香安然地回到了荆州,而且还让周瑜中了埋伏,事后,还让士兵大声讥讽周瑜"周郎妙计安天下,赔了夫人又折兵"。直把周瑜气得吐血。

第三气:刘备向东吴借取荆襄九郡,图谋发展壮大自己,然而东吴怕养虎为患,怕刘备强大后对自己构成威胁,三番五次要求其归还荆州。刘备和诸葛亮便以攻取西川后,必还荆州为由,迟迟不攻取。此举令周瑜气急败坏,遂想出了过道荆州帮助刘备攻取西川之计。欲攻取西川必须途经荆州,周瑜实则是想攻取荆州。此计又被诸葛亮识破,并用计使得周瑜被围。这次的失败简直让周瑜气疯了,盛怒之下引旧伤复发,最终导致他不治身亡。

无法抑制的愤怒情绪不仅让周瑜命丧黄泉,毁了他自己的事业前程，同时也毁了吴国的统一大业。《孙子兵法》上说："主不可以怒而兴师，将不可以愠而致战。"一针见血地指出了为君、为将的大忌。由此可见，一个人要想取得成功，首先要学会制怒。

翻阅古今历史，你会发现，那些容易发怒的人，多数都功败垂成。为什么？因为，人一发怒，就会思维混乱，就会失去理智，就会做出不可思议的事情来；因为，在前进的路上会遇到很多无法提前预知的事情，如果容易发怒，就会因考虑不周全而掉进万丈深渊。可以说，如果一个人无法控制自己的情绪，那么这个人永远到达不了成功的彼岸。

在生活中，人们也经常会遇到种种不如意，有的人一遇到不如意的事就大动肝火，结果把事情搞得越来越糟。有的人遇到不如意的事时则能很好地控制住自己的情绪，能泰然自若地面对各种波折，最终让事情得到圆满解决。

"情绪"就像人的影子一样每天与人相随，时时刻刻都能让我们体验到它带给我们的心理和生理上的变化。消极的情绪具有感染性，它不仅有害健康，而且会干扰人的理性判断。

日本人善于做生意，这是举世公认的。由于东方人性格比较内敛，而西方人性格则比较外向，在进行贸易时为了避免两种文化之间会产生冲突，同时也是为了能够在生意场上更好地表达自己的情感，日本某公司的老板在下班之前的半个小时里，会特意训练职工面带笑容。具体的方法是每人发一根筷子，横着咬在嘴里，固定好脸部表情后，将筷子取出。此时人的脸部基本维持一个笑容的状态，再发出声音，就像是在笑了。

这种看似荒诞的做法是有心理学研究依据的。通常而言，人们都认为是情绪引起人的反应，以为人们忧愁的时候才会哭，恐惧的时候才会发抖。实际上却恰恰相反，人们会因为哭而发愁，会因为发抖而感到恐惧。这就是说，人的情绪是可以由行为引发的。根据心理学上的这种观点，人们完全可以通过控制行为的方式来控制自己的情绪。日本人的面部表情的锻炼正是充分运用了这个观点。

那么,我们如何做才能消除不良情绪呢?

首先,要在思想上承认不良情绪的存在。例如有人惧怕黑暗,要想除去这种反应,先得承认他对黑暗有惧怕的心理。如果他认为那是丢面子的事情而不愿承认,那么,他将无法克服那种恐惧。同样,有些人怀有愤怒之心而又不肯承认有愤怒的存在,他就无从消除那些愤怒。对于人的情绪也是如此。

在我们承认有不良情绪存在之后,就应去找出产生该情绪的原因,弄清楚究竟为什么会有焦虑或恐惧的反应。这样,我们就容易发现情绪反应的适宜性。换句话说,我们就有机会静下心来分析自己所惧怕的事物是否真的具有威胁作用,再看看那些令人愤怒的对象,是否真的对自己构成伤害。如果我们发现这一切原本都并不真实存在的话,那些恐惧愤怒之心就会烟消云散、不复存在了。

情绪既然是人的生活的一个方面,就应当使之有适当的表达,把不良情绪通过合适的方式表达出来,使内心达到平和的状态,才有益身心健康。喜、怒、哀、乐,各种情绪正常人都会有,所以不必也不能一概予以抑制,而应选择适当的方式如运动、旅游、倾诉等表现出来。心理学家发现,有机会倾吐自己的痛苦并得到他人的劝慰能极大地改善健康功能,增强免疫系统活动。

任何一个事物都是辩证的,如果从不同的角度去观察,将会得到不同的结论。很多从表面看是令人生气或悲伤的事件,如果变换一个角度,以另外一种眼光去看,常可发现一些正面的、具有积极意义的东西。

不良情绪是人性的一大弱点,每个人都避免不了不良情绪,这是一种心理病毒,它比其他身体疾病更加厉害,它能摧毁人的一生。所以,想有所成就的人,必须意识到这一点,培养控制情绪的好习惯,这样才能获得成功。

清空心灵的尘埃

摘编 / 李诗韵

现代社会,竞争极为激烈,很多人都背负着沉重的心理压力生活、工作和学习,这样不但耗费大量心力,也啃噬着身体的健康,给人生带来很多危机……

美国著名的心理学家威廉·詹姆斯说:"我们这一代人最重大的发现是,人能改变心态,从而改变自己的一生。"的确,人生的成功或失败,幸福或坎坷,快乐或悲伤,有相当一部分是由人自己的心态造成的。

弗洛姆是一位著名的心理学家。有一天,学生们向他请教一个问题:心态对一个人会产生什么影响?

弗洛姆没有正面回答,他只是微微一笑,然后把学生们带到一个黑暗的屋子。在这个伸手不见五指的房间里,他引导学生一个个从一根并不宽敞的木桥上穿过这个房子。等学生们全部过完以后,弗洛姆打开了房间的一盏灯,在昏暗的灯光下,学生们一个个吓得目瞪口呆,出了一身冷汗。原来,这间房子的地面是一个很深很大的池子,池子里有一条大蟒蛇和几条毒蛇,正高昂着头,"嗞嗞"地向他们吐着信子。而他们刚才走过的桥,正架在这个池子的上方。

弗洛姆望着他们,问道:"现在还有谁愿意再次走过这个桥吗?"学生们面面相觑,都保持沉默。过了片刻,终于有三个学生犹犹豫豫地鼓足勇气站了出来。其中胆子最大的一个学生小心翼翼地移动着双脚,虽然走完了桥,但速度明显比第一次慢了许多;第二个学生战战兢兢地踩在木桥上,好不容易走完了一半,却再也不敢往前;第三个学生则弯腰趴下,慢慢地从木桥上爬着前行。

之后,弗洛姆又打开了房内的另外几盏灯,强烈的灯光一下子把房间照得如同白昼。学生们意外发现木桥下面其实有一道安全网,网离蛇还有相当的高度,网线也很牢,先前只是因为光线暗淡,他们才没有发现。

弗洛姆接着又问:"你们当中还有谁愿意现在就通过这个桥吗?"学生们齐声答道:"愿意。"然后,大家轻松地排队走过了小桥。

弗洛姆微笑着说:"我可以解答你们的问题了。这桥本来不难走,可是桥下的毒蛇对你们造成了心理威慑,于是,你们就失去了平静的心态,乱了方寸,慌了手脚,表现出各种程度的胆怯,而一旦心态恢复了平静,又可以轻松地走过。这就是心态对人行为的影响。"

在生活中,有很多人在做一件事时,喜欢把一个本来不复杂的问题复杂化,担心这担心那,脑子里凭空虚构出许多困难,导致心理负担过重,做事时放不开手脚,关键时刻犹豫不决,从而失去了许多成功机会。

人的心灵往往受现实诸多因素的制约和束缚,导致人不敢对既定的现状有所憧憬,有所突破。生命的潜力是无限的,可惜我们有时把自己限制在一个小圈子里,无形中抑制了生命潜力的发挥。

例如,因为自己平凡的背景,而不敢去梦想非凡的成就;因为自己学历的不足,而不敢立下宏伟大志;因为自己的无知,而不愿打开心扉,去追求更好的生活。可是如果你不主动打破生命的格局,你就无法改变你的人生。

那么,一个人怎样主动打破生命的格局?要用什么方式才能克服内心牢不可破、根深蒂固的思想？要经过什么样的过程才能找到驱散黑暗的光明？

大多数人的痛苦，都是因为自己看不开，放不下，一味地固执而造成的。痛苦就犹如人心灵中的垃圾，它是一种无形的烦恼，由怨、恨、恼、烦等组成。清洁工每天把街道上的垃圾带走，街道便变得宽敞、干净。假如一个人也每天清洗一下内心的垃圾，那么他的心灵便会变得愉悦快乐了。

给心灵洗个澡，是一种心灵简化的过程，是一个清洗心灵的过程，它将一切多余的杂质除去，只留下性格中最纯的真金。经过这样的简化，表面看来深不可测、错综复杂的内心世界就会呈现出越来越简单的面貌，直到全部改变成几项永恒的原则，然后最终合而为一。

我们成长的历史，就是心灵跋涉的历史。时间久了，难免蒙上灰尘。给心灵洗个澡，就是摒弃内心的杂念，给灵魂喘息的机会；给心灵洗个澡，就是换个心态过人生，踏上坦荡的命运之途；给心灵洗个澡，就是给梦想和希望插上翅膀，让它带领自己越飞越高……

在人生的旅途中，有数不尽的坎坷泥泞，也有看不完的春花秋月，持一种什么样的心态，将最终决定你的人生轨迹。所以，要学会给自己的心灵洗个澡，消除心灵上的污垢，只有做到这样，才会有动力有能力去积极追求美好的生活，去勇敢地实现自己的梦想，去果断地开创成功的人生格局。

握住自信成就自我

摘编 / 米兰

有一位女歌手,第一次登台演出,内心十分紧张。一想到自己马上就要上场,面对上千名观众,她的手心都开始冒汗了:"要是在舞台上一紧张,忘了歌词怎么办?"越想,她心跳得越快,甚至产生了打退堂鼓的念头。

就在这时,一位前辈笑着走过来,随手将一个纸卷塞到她的手里,轻声说道:"这里面写着你要唱的歌词,如果你在台上忘了词,就打开看看。"她握着这张纸条,像握着一根救命的稻草,匆匆上了台。因为有这个纸卷握在手心,她的心里踏实了许多。她在台上发挥得相当好。

演唱结束后,她高兴地走下舞台向那位前辈致谢。前辈却笑着说:"是你自己战胜了自己,找回了自信。其实,我给你的,是一张白纸,上面根本没有写什么歌词!"她展开手心里的纸卷,果然上面什么也没写。她感到惊讶,自己凭着握住一张白纸,竟顺利地渡过了难关,获得了演出的成功。

"你握住的这张白纸,并不是一张白纸,而是你的自信啊!"前辈说。

自信是一种优秀的心理品质,是促使人积极向上的内部动力,是人取得成功必备的、重要的心理素质。

每个人都有一种表现自我、获取认同的本能倾向。自信的人由于敢于充分地展示自我,从而更容易被他人认可而获得一种令他感到愉悦的成就感。自信的人因浑身充满魅力,从而更容易得到社会的信任和支持。

美国总统罗斯福还是参议员时,潇洒英俊,才华横溢,深受人们的爱戴。有一天,他在加勒比海度假游泳时突然感到腿部麻痹,幸亏抢救及时,才避免了一场悲剧的发生。经过诊断,罗斯福被证实患上了"腿部麻痹症",医生对他说:"你可能会丧失行走的能力。"罗斯福没有被医生的话吓倒,反而还笑呵呵地对医生说:"我还要走路的,而且我还要住进白宫。"

第一次竞选总统时罗福斯对助选员说:"你们布置一个大讲台,我要让所有的选民看到我这个患麻痹症的人,可以走上去演讲,而且不需要任何拐杖。"当天,他穿着笔挺的西装,充满自信地从后台走向讲演台。

他的每个步伐都让美国人深深感受到他坚强的意志和十足的信心。后来,罗斯福成为美国政治史上唯一一位连任四届的伟大总统。

每个人都渴望成功,然而,在通往成功的路上并不会永远是一帆风顺,往往需要克服种种困难和挫折。如果没有了自信,困难和挫折就会成为难以逾越的高山。

自信是成功的第一秘诀,它不仅是对自己能力的信任,更是对自己所追求目标的坚定信念。有了它,才能驶向胜利的彼岸。人只有养成自信的好习惯,才能在风雨兼程的人生中为自己创造一片广阔丰盈的天地。

自信并非天生,也不是每个人都有的。很多人的自信感是很低的,特别是经过一番生活的折腾,尝到一些生活的苦辣酸甜,有人就自惭形秽起来。还有的人竟然学会如何自己贬低自己,以此来预防生活的失败,他们认为,信心有时候是一种危险的品质,人越是有信心,就越容易碰钉子,越容易成为众矢之的,所以最好是夹着尾巴过日子。

恩格斯曾说:"勇敢和必胜的信念常使我的战斗得以胜利结束。"就是他的自信,才让他有所成就,有大的作为。曾经担任过美国足球联合会主席的戴伟克·杜根说过:"你认为自己被打倒,那你就是被打倒了。你认为自己屹立不倒,那你就屹立不倒。你想胜利,又认为自己不能,那你就不会胜利。你认为你会失败,你就真的会失败。一切胜利皆始于求胜的意志与信心。"

自信可以产生巨大的精神力量,可以激发身体内那睡去的巨大潜能。正如卡耐基所说:"相信自己是有才华的人才,才对人类最有益。"

要想别人相信你,你首先要有自信。人只要对自己充满自信心,就可能战胜困难而获得成功。这是德国精神学专家林德曼用亲身实验证明了的。

林德曼认为,一个人只要对自己抱有信心,就能保持精神和肌体的健康。当时,德国举国上下都关注着独舟横渡大西洋的悲壮冒险,已经有100多名勇士相继驾舟失败,无人生还。林德曼推断,这些遇难者首先不是从肉体上败下来的,主要是死于精神崩溃、恐慌与绝望。为了验证自己的观点,他选择了亲自进行实验。

于是,这一天,林德曼出发了。他独自驾着一艘小船驶进了波涛汹涌的大西洋,他在进行一项历史上从未有过的心理学实验,预备付出的代价是自己的生命。在航行中,林德曼博士遇到了许多难以想象的困难,并多次濒临死亡,他眼前甚至出现了幻觉,运动感觉也处于麻木状态,有时真有绝望之感。但只要这个念头一升起,他马上就大声自责:懦夫,你想重蹈覆辙,葬身此地吗?不,我一定能成功!有了如此的自信,最后他成功横渡大西洋。

莎士比亚曾说:"一个人的心灵如果受到鼓舞,即使器官已经萎缩,也会从沉沉的麻痹中振作起来,重新开始活动,像蜕了皮的蛇一样获得新生的力量。"自信对于我们而言,就像燃油之于轮船,航标之于海员。拥有自信,就能激发出前进的动力和开拓创新的潜力。相反,如果一个人做事情畏首畏尾,总认为自己不行,总是自我否定,不敢去尝试，那么他永远也不会有进步的机会，他的潜能只能继续沉睡下去了。

生活中，强者不一定是胜利者；但是，胜利迟早都属于有信心的人。成功也罢，失败也罢。只要我们在这个过程中，尽心竭力，孜孜以求。它就会成为我们一生中最为宝贵的经验和积淀。把握好现在，给自己一份自信，就能赢得精彩。

只要有自信，一切皆有可能。披荆斩棘，踏平坎坷，我们头顶依然是一片明朗的天空，让我们用自己的双手，创造出属于自己的自信人生之路。

工作和生活中，我们应该给自己多一点的自信。自信是成功之源，有了自信，我们才能勇于拼搏奋斗，才能在奋斗中不断激发自身的潜能，才会在不断释放潜能中提高自己，有所收获。自信的人生是永远不会被社会击败的，除了一个人最后精疲力竭，无力拼搏。否则这种拼搏，本身就是一种巨大的成功。

自信就在我们每个人手中，握住了自信我们就握住了运气。自信是战胜困难的利剑，是通向理想彼岸的舟楫，也是人生成功的奠基石。人的成功之路必须踏着自信的石阶步步登高。有了自信，人才能达到自己所期望达到的境界，才能成为自己所希望成为的人。

春天的抒情诗

文 / 匡天龙

在初春这些宁静的日子
我常常默默地望着窗外
几只麻雀在屋檐下跳蹦着
始终没有远离它们那暖暖的家
几回甜蜜的梦里闪烁的期待目光
让我把烦恼遗忘
仿佛又回到童年幸福的时光
总也忘不了那些熟识的脸庞
爱不够那片满园滴翠的清香
你融入我的心田
带着一点顽皮
是那么的纯真
望着你含情脉脉的微笑
我的胸中似有小鹿在跳
你轻轻地来了
带着我的一点梦想
如甘露滋润心田
你幽幽地来了

清新里荡漾着你的旋律

我想拥你入怀

你的气质感动了山脉

你和我兴高采烈地欢聚

在推心置腹滔滔不绝地倾诉

动情的歌声宛如浪漫的小说

悲伤的情节都无需润色

纯朴的舞姿又似温柔的语言

心灵感触无边的喜悦

真的我想醉倒

醉倒在这一刻的美妙

当唱起抒春之歌

空气里处处弥漫着香甜

悠扬的旋律倾诉着思念

流淌的音符

熟识的双眼

自己的心与你焊接在了一起

这不是做梦也不是幻觉

爱的故事书写着青春的岁月

这不是神话更不是传说

我们拥有宽广无边的坦荡胸怀

我用一颗炽热的心

用你的真情寻觅

寻找属于钟爱的乐音之窝

那里遮风避雨笑语欢声

我会把这真情记得很牢很牢
风舒　云淡　蓝天
你是我在凛冽寒冬里温馨的炉火
在初春那些宁静的日子
我常常望着窗外
一阵清风拂过
春意盎然

只要开始永远不晚

摘编 / 张菁

1958 年，日本一个青年从札幌医科大学毕业了，在一家矿工医院做了一名外科医生。在世人的眼中，这是一份收入稳定而又体面的工作，可这个青年的内心里却十分纠结。

这个青年出生于北海道，他读初一的时候，他的国语教师在每周三的时候都会教学生们阅读日本古典文学作品。这些日本古典文学作品为这个青年打开了一扇神奇的窗户，他一下子为这个迷人的世界所吸引。在初中和高中的六年时间里，他读了不少日本小说，从川端康成、太宰治、三岛由纪夫，到"战后第三波新人"的作品，那时他最大的理想就是当个文学家。然而他当文学家的梦想却遭到了母亲的极力反对，他母亲是当地一位大商人的女儿，在他的印象中，母亲是"一个强悍、喋喋不休、永远把他当成小孩的女人"。没办法，他只能听从母亲的安排，成为北海道大学理学院的一名新生。

在大学里，他十分羡慕文学院的"文学青年"，经常为自己无缘坐在研究室中全力读文学、只能啃一些枯燥的理化教材而愤愤不平。为了安慰不安的心灵，他一头扎进了图书馆，阅读了大量的外国文学作品，包括海明威、哈地歌耶、卡缪等人的作品，其中卡缪的《异乡人》令他大为倾倒，一连读了三次。

成为一名医生后，他的工作有时十分繁忙，可这样的忙碌越来越让他疲惫不堪，因为在他的内心深处，那个始终牵动他的文学梦似乎离他渐行渐远，这让他越来越感到寝食难安。有一天，他无意中看到了一个叫摩西奶奶的美国老太太的故事，便以春水上行的笔名，提笔给她写了一封信，述说了自己的困惑，问她："一个人在28岁的年龄，才开始一条文学之路，会不会太晚呢？"

让他想不到的是，不久他就收到了一封回信。在信中，摩西奶奶讲述了自己的故事。她是美国纽约州一个农村的普通村妇，以刺绣为业。76岁那年，她因为严重的关节炎，不得不放弃刺绣，但她却拿起了画笔，从头开始学起了绘画。几年后，一个到乡下旅行的收藏家在村里的小卖部里注意到了她的绘画，把她的作品带到了纽约，引起了画坛的关注。1940年，80岁的她在纽约举办了首次画展，引起了轰动，她质朴的艺术风格受到世人的追捧，成为媒体关注的焦点。现在她已经100岁了，在二十多年的绘画生涯中，创作了1600余幅作品。后来，摩西奶奶又在写给他的明信片上写道：做你喜欢做的事，上帝会高兴地帮你打开成功之门，哪怕你现在已经80岁了。

摩西奶奶的话让这个青年豁然开朗，他毅然辞去了医生这份安稳的工作。然而比起拿起手术刀做手术来，靠写小说来生存十分艰难。但他已经没有退路了，虽然他一度穷困潦倒，但他也不肯让自己的梦想之火熄灭。就这样，他一路写来，40年下来，他成为日本文坛"情爱小说第一人"。从1970年《光和影》获"直木文学奖"，至今他已出版150多部作品，深受读者拥戴，粉丝遍布世界各地。

这个人就是被誉为日本情爱大师的日本著名作家渡边淳一。

2001年，在美国华盛顿博物馆举办了一场"摩西奶奶在21世纪"展览，在展览的私人收藏品中，就展出了当年摩西奶奶写给渡边淳一的明信片。讲解员在讲完这个故事后，都会告诉人们这样一段话：你心里想做什么，就大胆地去做吧！不要管自己的年龄有多大和现在的生活状况如何，因为，你想做什么和你能否取得成功，与这些没有什么关系。

是的，在这个世界上，从来没有"太晚"这件事。就像摩西奶奶所说，只要开始，永远不晚，哪怕你现在已经80岁了。

"只要开始，永远都不晚"，这就是一种成功的信念。我们无论做什么事，只要开始了就会有进步；而只要有了进步，哪怕只是一小步，只要坚持下去，就一定会终有所成。

亲情树

父亲的玳瑁

文 / 鲁彦

在墙脚根刷然溜过的那黑猫的影,又触动了我对于父亲的玳瑁的怀念。

净洁的白毛的中间,夹杂些淡黄的云霞似的柔毛,恰如透明的妇人的玳瑁首饰的那种猫儿,是被称为"玳瑁猫"的。我们家里的猫儿正是那一类,父亲就给了它"玳瑁"这个名字。

在近来的这一匹玳瑁之前,我们还曾有过另外的一匹。它有着同样的颜色,得到了同样的名字,同是从我姊姊家里带来,一样地为我们所爱。

但那是我不幸的妹妹的玳瑁,它曾经和她盘桓了十二年的岁月。

而现在的这一匹,是属于父亲的。

它什么时候来到我们家里,我不很清楚,据说大约已有三年光景了。父亲给我的信,从来不曾提过它。在他的理智中,仿佛以为玳瑁毕竟是一匹小小的兽,比不上任何的家事,足以通知我似的。

但当我去年回到家里的时候,我看到了父亲和玳瑁的感情了。

每当厨房的碗筷一搬动,父亲在后房餐桌边坐下的时候,玳瑁便在门外"咪咪"地叫了起来。这叫声是只有两三声,从不多叫的。它仿佛在问父亲,可不可以进来似的。

于是父亲就说了,完全像对什么人说话一样:

"玳瑁,这里来!"

我初到的几天，家里突然增多了四个人，在玳瑁似乎感觉到热闹与生疏的恐惧，常不肯即刻进来。

"来吧，玳瑁！"父亲望着门外，不见它进来，又说了。

但是玳瑁只回答了两声"咪咪"，仍在门外徘徊着。

"小孩一样，看见生疏的人，就怕进来了。"父亲笑着对我们说。

但是过了一会儿，玳瑁在大家的不注意中，已经跃上了父亲的膝上。

"哪，在这里了。"父亲说。

我们弯过头去看，它伏在父亲的膝上，睁着略带惧怯的眼望着我们，仿佛预备逃遁似的。

父亲立刻理会它的感觉，用手抚摩着它的颈背，说："困吧，玳瑁。"一面他又转过来对我们说："不要多看它，它像姑娘一样的呢。"

我们吃着饭，玳瑁从不跳到桌上来，只是静静地伏在父亲的膝上。有时鱼腥的气息引诱了它，它便偶尔伸出半个头来望了一望，又立刻缩了回去。它的脚不肯触着桌。这是它的规矩，父亲告诉我们说，向来是这样的。

父亲吃完饭，站起来的时候，玳瑁便先走出门外去。它知道父亲要到厨房里去给它预备饭了。那是真的。父亲从来不曾忘记过，他自己一吃完饭，便去添饭给玳瑁的。玳瑁的饭每次都有鱼或鱼汤拌着。父亲自己这几年来对于鱼的滋味据说有点厌，但即使自己不吃，他总是每次上街去，给玳瑁带了一些鱼来，而且给它储存着的。

白天，玳瑁常在储藏东西的楼上，不常到楼下的房子里来。但每当父亲有什么事情将要出去的时候，玳瑁像是在楼上看着的样子，便溜到父亲的身边，绕着父亲的脚转了几下，一直跟父亲到门边。父亲回来的时候，它又像是在什么地方远远望着，静静地倾听着的样子，待父亲一跨进门限，它又在父亲的脚边了。它并不时时刻刻跟着父亲，但父亲的一举一动，父亲的进出，它似乎时刻在那里留心着。

晚上，玳瑁睡在父亲的脚后的被上，陪伴着父亲。

我们回家后，父亲换了一个寝室。他现在睡到弄堂门外一间从来没有人去的房子里了。

玳瑁有两夜没有找到父亲，只在原地方走着，叫着。它第一夜跳到父亲的床上，发现睡着的是我们，便立刻跳了出去。

正是很冷的天气。父亲记念着玳瑁夜里受冷，说它恐怕不会想到他会搬到那样冷落的地方去的。而且晚上弄堂门又关得很早。

但是第三天的夜里，父亲一觉醒来，玳瑁已在床上睡着了，静静地，"咕咕"念着猫经。

半个月后，玳瑁对我也渐渐熟了。它不复躲避我。当它在父亲身边的时候，我伸出手去，轻轻抚摩着它的颈背，它伏着不动。然而它从不自己走近我。我叫它，它仍不来。就是母亲，她是永久和父亲在一起的，它也不肯走近她。父亲呢，只要叫一声"玳瑁"，甚至咳嗽一声，它便不晓得从什么地方溜出来了，而且绕着父亲的脚。

有两次玳瑁到邻居去游走，忘记了吃饭。我们大家叫着"玳瑁玳瑁"，东西寻找着，不见它回来。父亲却猜到它那里去了。他拿着玳瑁的饭碗走出门外，用筷子敲着，只喊了两声"玳瑁"，玳瑁便从很远的邻屋上走来了。

"你的声音像格外不同似的，"母亲对父亲说，"只消叫两声，又不大，它便老远地听见了。"

"是哪，它只听我管的哩。"

对于寂寞地度着残年的老人，玳瑁所给与的是儿子和孙子的安慰，我觉得。

六月四日的早晨，我带着战栗的心重到家里，父亲只躺在床上远远地望了我一下，便疲倦地合上了眼皮。我悲苦地牵着他的手在我的面上抚摩。他的手已经有点生硬，不复像往日柔和地抚摩玳瑁的颈背那么自然。据说在头一天的下午，玳瑁曾经跳上他的身边，悲鸣着，父亲还很自然地抚摩着它，亲密地叫着"玳瑁"。而我呢，已经迟了。

从这一天起，玳瑁便不再走进父亲的以及和父亲相连的我们的房了。我们有好几天没有看见玳瑁的影子。我代替了父亲的工作，给玳瑁在厨房里备好鱼拌的饭，敲着碗，叫着"玳瑁"。玳瑁没有回答，也不出来。母亲说，这几天家里人多，闹得很，它该是躲在楼上怕出来的。于是我把饭碗一直送到楼上。然而玳瑁仍没有影子。过了一天，碗里的饭照样地摆在楼上，只饭粒干瘪了一些。

玳瑁正怀着孕，需要好的滋养。一想到这，大家更其焦虑了。

第五天早晨，母亲才发现给玳瑁在厨房预备着的另一只饭碗里的饭略略少了一些。大约它在没有人的夜里走进了厨房。它应该是非常饥饿了。然而仍像吃不下的样子。

一星期后，家里的戚友渐渐少了。玳瑁仍不大肯露面。无论谁叫它，都不答应，偶然在楼梯上溜过的后影，显得憔悴而且瘦削，连那怀

着孕的肚子也好像小了一些似的。

一天一天家里愈加冷静了。满屋里主宰着静默的悲哀。一到晚上，人还没有睡，老鼠便吱吱叫着活动起来，甚至我们房间的楼上也在叫着跑着。玳瑁是最会捕鼠的。当去年我们回家的时候，即使它跟着父亲睡在远一点的地方，我们的房间里从没有听见过老鼠的声音，但现在玳瑁就睡在隔壁的楼上，也不过问了。我们毫不埋怨它。我们知道它所以这样的原因。

可怜的玳瑁。它不能再听到那熟识的亲密的声音，不能再得到那慈爱的抚摩，它是在怎样的悲伤呵！

三星期后，我们全家要离开故乡。大家预先就在商量，怎样把玳瑁带出来。但是离开预定的日子前一星期，玳瑁生了小孩了。我们看见它的肚子松瘪着。

怎样可以把它带出来呢？

然而为了玳瑁，我们还是不能不带它出来。我们家里的门将要全锁上。邻居们不会像我们似的爱它，而且大家全吃着素菜，不会舍得买鱼饲它。单看玳瑁的脾气，连对于母亲也是冷淡淡的，决不会喜欢别的邻居。

我们还是决定带它一道来上海。

它生了几个小孩，什么样子，放在哪里，我们虽然极想知道，却不敢去惊动玳瑁。我们预定在饲玳瑁的时候，先捉到它，然后再寻觅它的小孩。因为这几天来，玳瑁在吃饭的时候，已经不大避人，捉到它应该是容易的。

但是两天后，我们十几岁的外甥遏抑不住他的热情了。不知怎样，玳瑁的孩子们所在的地方先被他很容易地发现了。它们原来就在楼梯门口，一只半掩着的糠箱里。玳瑁和它的小孩们就住在这里，是谁也想不到的。外甥很喜欢，叫大家去看。玳瑁已经溜得远远地在惧怯地望着。

我们想，既然玳瑁已经知道我们发觉了它的小孩的住所，不如便先把它的小孩看守起来，因为这样，也可以引诱玳瑁的来到，否则它会把小孩衔到更没有人晓得的地方去的。

于是我们便做了一个更安适的窠，给它的小孩们，携进了以前父亲的寝室，而且就在父亲的床边。

那里是四个小孩，白的，黑的，黄的，玳瑁的，都还没有睁开眼睛。贴着压着，钻做一团，肥圆的。捉到它们的时候，偶然发出微弱的老鼠似的吱吱的鸣声。

"生了几只呀？"母亲问着。

"四只。"

"嗨，四只！怪不得！扛了你父亲的棺材，不要再扛我的呢！"母亲叹息着，不快活地说。

大家听着这话，愣住了。

"把它们丢出去！"外甥叫着说，但他同时却又喜悦地抚摩着玳瑁的小孩们，舍不得走开。

玳瑁现在在楼上寻觅了，它大声地叫着。

"玳瑁，这里来，在这里。"我们学着父亲仿佛对人说话似的叫着玳瑁说。

但是玳瑁像只懂得父亲的话，不能了解我们说什么。它在楼上寻觅着，在弄堂里寻觅着，在厨房里寻觅着，可不走进以前父亲天天夜里带着它睡觉的房子。我们有时故意作弄它的小孩们，使它们发出微弱的鸣声。玳瑁仍像没有听见似的。

过了一会儿，玳瑁给我们女工捉住了。它似乎饿了，走到厨房去吃饭，却不妨给她一手捉住了颈背的皮。

"快来！快来！捉住了！"她大声叫着。

我扯了早已预备好的绳圈，跑出去。

玳瑁大声地叫着，用力地挣扎着。待至我伸出手去，还没抱住玳珥，女工的手一松，玳珥溜走了。

它再不到厨房里去，只在楼上叫着，寻觅着。

几点钟后，我们只得把玳珥的小孩们送回楼上。它们显然也和玳珥似地在忍受着饥饿和痛苦。

玳珥又静默了，不到十分钟，我们已看不见它的小孩们的影子。现在可不必再费气力，谁也不会知道它们的所在。

有一天一夜，玳珥没有动过厨房里的饭。以后几天，它也只在夜里。待大家睡了以后到厨房里去。

我们还想设法带玳珥出来，但是母亲说：

"随它去吧，这样有灵性的猫，哪里会不晓得我们要离开这里。要出去自然不会躲开的。你们看它，父亲过世以后，再也不忍走进那两间房里，并且几天没有吃饭，明明在非常的伤心。现在怕是还想在这里陪伴你们父亲的灵魂呢。它原是你父亲的。"

我们只好随玳珥自己了。它显然比我们还舍不得父亲，舍不得父亲所住过的房子，走过的路以及手所抚摸过的一切。父亲的声音，父亲的形象，父亲的气息，应该都还很深刻地萦绕在它的脑中。

可怜的玳珥，它比我们还爱父亲！

然而玳珥也太凄惨了。以后还有谁再像父亲似的按时给它好的食物，而且慈爱地抚摸着它，像对人说话似的一声声地叫它呢？

离家的那天早晨，母亲曾给它留下了许多给孩子吃的稀饭在厨房里。门虽然锁着，玳珥应该仍然晓得走进去。邻居们也曾答应代我们给它饲料。然而又怎能和父亲在的时候相比呢？

现在距我们离家的时候又已一月多了。玳珥应该很健康着，它的小孩们也该是很活泼可爱了吧？

我希望能再见到和父亲的灵魂永久同在着的玳珥。

妈妈您听我说

文 / 汪文钰

我趴在窗上,远处秋千上一个年轻的母亲牵起了身边小孩的手。我突然感慨万千,心思随着那绕着绿叶的秋千荡了起来。

那是一个月光如水的晚上。落地窗前洒下一片光辉,我坐在桌前,冥思苦想了一会儿,然后拿起了一把剪刀,把纸剪成了一个不大的小"心"。妈妈的生日就快到了,我决定给她做一张贺卡表表心意。贺卡做好后,我毕恭毕敬地放到了妈妈的床前。明天,她会得到一个惊喜!

第二天一早妈妈找到了我,大声斥问我:"这个贺卡,怎么回事?"她有些哽咽,眼睛红肿地看着我,"笑笑,你怎么了,你怎么能让我失望呢?你不是要把心思放在学习上吗?怎么弄这种破烂玩意儿呢?"说着,狠狠地把贺卡撕成了两半。我哭着冲进屋里。地上的红心碎了,只有"妈妈我爱你"的字迹依然在。

妈妈,您听我说,难道好孩子一定用成绩来说明一切吗?如果连您也无法回答,那您又凭什么让我去那样做呢?我有我的梦想,我想用我的方法去学习。可您,这又是为什么呢?这究竟是为什么?

那个秋千停了,年轻的母亲突然斥责起孩子来。孩子尖利的哭声响彻云霄。

或许,真的是妈妈错了呢?我这样想着,走进了妈妈的卧室,突然看到了一本书,我正要去拿,却发现是一本妈妈的育儿日记。"2001年

10月，笑笑可爱的笑了，宝贝我爱你。""2005年1月，笑笑不听话了，弹琴的姿势也不对。""2012年9月，我的生日到了，笑笑送了我贺卡。我很开心，不过，还是她的学业为重。"我的心突然乱了，扔下日记。几丝风吹过，日记如花似的展开，又露出了"宝贝我爱你"的那一页，一颗红心掉落，恰是当年那颗。

　　我飞快地去喊妈妈，却见，桌上的牛奶还温，纸条上写着"加油！"。我的眼睛湿润了，这时妈妈进来了，向我招呼："唉，买了你最爱吃的鸭脖，帮帮忙。"我没动："妈妈，请您听我说。"妈妈一脸疑惑："怎么了？"我轻声说出："对不起，我错了。"

奶 奶

文 / 唐宇佳

奶奶爱吃咸菜
一吃咸菜就想老家
奶奶说，咸菜很下饭
老家的味会更咸些

奶奶爱做布鞋
一针一线纳千层底
奶奶说，穿布鞋很舒服
走起路来心里特踏实

老家来亲人了
奶奶跟他们说方言
奶奶说，土话有人情味
走到哪儿都忘不了

老 桥

文 / 姚禹同

　　一座不大的白色石拱桥，孤寂地立在小河上。

　　它已经老了，比那个小镇上所有的人都老。岁月在它的身上刻出了一道道印记，它洁白的身躯早已变得斑驳。

　　七百多年的时间，对于它来说已经很长很长了。它比所有人都要清楚，自己的生命快结束了。再有一个雷电交加的雨夜，自己便会断裂、倒塌。

　　在这一生中，有数不清的人从它身上走过，有数不清的事在它身上发生过。年轻时它也曾无数次与暴风雨拼搏过……

　　它对死亡已经看得很淡很淡了，但是此刻，它不希望这个雨夜的到来。

　　夏天已经到了，它想再看看身旁怒放的白荷花。

　　老桥清楚地记得：每年荷花盛开的时候，桥上桥下全是看荷花的人。凉风习习，荷香阵阵，直沁人心脾；花中有桥，桥中有花，更是让人心醉……

　　荷花已经冒出了花苞。老桥明白：也许是明天，也许是后天，荷花就要开了。

　　一只燕子低低地掠过。老桥心头一震，莫非……

　　一夜，老桥被暴风雨折磨得奄奄一息，但是，它咬紧牙关，无论如何不肯放弃：它还要等，等到荷花的绽开！

　　风雨渐渐小了，天边开始泛白。一朵白荷沐浴着朝霞，慢慢地开了，一缕清香在老桥身边萦绕。白荷一朵接一朵地开了。老桥醉了。它感觉自己在花香中越升越高，到达了一个不知名的地方。那儿，有数不尽的白荷。

　　第一位早班工人发现，老桥断了。桥边，开着数不尽的白荷……

四季"罢工"之后……

文 / 马知行

玉皇大帝派驻到人间的春、夏、秋、冬四个季度，它们为人类做了很多有益的事，但是由于它们的性格各不相同，对待事情的态度大相径庭，所以，经常为一些鸡毛蒜皮的小事吵吵闹闹，有时甚至大打出手。这不，今儿又出乱子了。

"报！"太上老君拿着人间送来的一封信，行色匆匆地来到玉皇大帝的宫殿面前。可能是太急了，还没来得及将信呈给玉皇大帝，就被一块石头绊到了脚，摔了个"狗吃屎"。

刚摔倒的太上老君感到玉帝的怒火正在慢慢地袭来，赶紧爬起来："报！人间送来一封求救信，请玉帝过目。"

"什么信啊？"玉帝还没开口问，站在一旁的孙悟空却先问了。

"弼马温，你先退下，这里没有你的事。"玉帝对孙悟空说。

玉皇大帝接过太上老君的信，读了读里面的内容"……四季罢工，人间苦不堪言……什么？"玉帝勃然大怒，"这四个捣蛋的家伙，平常闯闯乱子就算了，这回居然还集体罢工！十万天兵天将，立刻前去捉拿四季！"

"大王，"太上老君说，"四季罢工并不是它们愿意的，但是最近人类正在传'四季谁做老大'的说法，他们四个听了，才想集体罢工，抽出时间，来争做老大。"

"那怎么办？"玉帝说，"你也知道，要是人间出了乱子，我玉帝的宝座可就不保了。而你，太上老君的职位也可能会换人了。"

原本非常平静的太上老君一听见后面这句话，立刻瞪着眼睛，蹦了起来："小臣现在就去跟四季说说，让他们赶快继续工作。"说着，太上老君飞一般地冲出了宫殿。

太上老君打着把雨伞来到了四季的住所门口，虽然此时还是晴空万里，但是他知道打一把伞是非常需要的。一推开门，一阵"狂风暴雨"将他吹翻了好几个跟头。原来是四季在大声争吵，它们一见太上老君，转眼间变得和颜悦色，阿谀奉承地说道：

"老大，最近你又年轻了，脸上的皱纹现在是一个都看不见了……"

"老大，要不要喝杯水啊？我给您捏捏肩好不好啊？"……

太上老君将沾满唾沫星子的雨伞收起来，官威十足地说道："听说你们几个，最近集体罢工了？"

"不不，我们只是……"冬有些词穷。

"我们只是想休息几天而已。"夏赶忙说道。

"对对……我们只是想休息几天。"其他三季立刻附和道。

"那你们为什么几个星期都没去上班？是不是想扣工资？"太上老君瞪着眼睛说道。

"都怪他们……"四季同时指向各自身边的同伴，异口同声地说，"都怪他们，不服从我的安排。"

说着，四季又开始你吵你我吵我了，太上老君只能拨通了"远程卫星移动电话"，向太白金星求助，太白金星果然支了一"招"："听说在人间值班的月亮和太阳能说会道，你找他们帮帮忙，也许还有挽救的余地。"事不宜迟，太上老君马上骑着云朵，前往太阳和月亮的值班室。

"太阳！"太上老君喘着粗气推开了"太阳月亮值班室"的大门。正在打游戏的太阳压根就没想到会有人突然闯进来，大脑一片空白，一秒钟后，太阳忽然清醒了："对不起领导，我不应该在上班时间打游戏，但是游戏实在是太吸引人了，你看你看，这画面，多有美感，这人物，多霸气外漏，你看这装备……"

"行了行了！"太上老君不耐烦地推开太阳的手，"四季现在正在吵架，你和月亮去劝劝他们吧。"太阳马上转身，把游戏机放在了桌上，将正在睡觉的月亮叫醒，一起前往四季住所。

太上老君看着值班室，实在是没什么有意思的，眼神飘忽不定，正好扫到了太阳的游戏机上，他双眼一亮，立刻拿起游戏机开始打游戏。

太上老君正沉迷于游戏世界中，突然，值班室的门开了，太上老君吓了一跳，见是脸部肌肉抽搐的太阳和月亮，定了定神，说道："你们把活干完了？这么快？"

"是啊，我们把四季'劝'去工作了。"太阳看着手上拿着游戏机的太上老君，心想：这老小子肯定就经常这样干，要不然动作没这么迅速。

"它们也太好说了，他们想争谁是第一，但是没有考虑到自己的能力。春的能力是让万物复苏、植物发芽，夏的能力是让天气变热、让植物成长，秋的能力是让植物成熟、产下果实，而冬的能力就是让万物冰封，将种子的生命力保存到来年春季。"

"然后呢？"太上老君不解地问。

"然后就简单了，让它们几个轮流单独测试自己的能力，结果发现，如果没有春让植物复苏，单凭夏和秋的能力也就不会让植物长大、结果了，如果没有夏，秋的能力也没用……"

"原来是这样！"太上老君恍然大悟，"四季其实好像环环相扣的链子，断了一扣就会全部散架！"

太阳点头，说道："然后按照植物的成长顺序给他们排序就行了。"

太上老君举起大拇指："老弟，没看出来啊。"

"那是。"太阳沾沾自喜。

太上老君准备打道回府了，太阳望着他手上的游戏机，轻声问道："Boss，能把我的游戏机还回来吗？"

太上老君爽快地答应："没问题！"将游戏机递给了太阳。太阳乐呵呵地接过游戏机，打开一看，所有的游戏都被太上老君给删除了！

他立刻抬起头，想找太上老君算账，太上老君却早就没影了，只看见他留下的一张纸条，上面写道："太阳老弟，以后别再玩游戏了，要努力工作。你的游戏我已经替你玩了玩，还不错。你的上司：太上老君。"

照出你自己梦里的影子

文 / 刘承志

那天，我又在魔堡里闲得无聊。就在这时，我的"心有灵犀"传真机又"啪啪"地响了起来。拿起传真一看，原来是地球上的顾客发来的订单，要向我订购一种怪兽，这种怪兽要能帮助想自杀者不再自杀！

自杀？我奇怪得很：我们女巫的星球从来都不会有自杀的，为什么他们要自杀呢？想到这，刚刚放下订单的我就拿起水晶球一边转一边看了起来。真的，地球上真的有好多人想自杀，自杀几乎每时每刻都在发生，有的跳楼，有的卧轨，有的服毒，还有的撞墙……

要想制作好防止自杀的怪兽，首先得弄清那些自杀的人为什么要自杀。说干就干，我立马骑上飞帚向地球进发。

很快，飞帚抵达地球。不一会儿，我就找到了"目标"——一个准备跳楼的人。我连忙上前拦住那个人，经过一番劝说，好不容易才阻止了他寻死觅活。当问及为什么要自杀时，"前几天被老板辞退了，我成为了一个失业者！"他头也不抬地说。

"失业了就非得自杀不可吗？"我左思右想，想了半天，都想不明白，问他他也不言语。

"连原因都找不到，该怎么办呢？"就在我感到无助的时候，一个孩子喜笑颜开地牵着一只怪兽从楼下走过，"那不是我的作品'永远都爱我'怪兽吗？"看到怪兽，我突然想起了它的定制者——大象，想起了他那神奇的照相机。想到这里，我喃喃地说："对，也许他可以帮帮我！"

我立马跨上飞帚，用水晶球确定大象的位置，发现他正在一个"镶嵌"在草地里的城市。等我找到大象时，身为世界预防自杀协会成员的他正和一个同事苦口婆心地劝说一个想跳江的人呢！

我跑过去，劈头就说："大象，我遇到麻烦了，有人向我定制一种怪兽，要求它能帮助人们不再自杀。可我怎么也弄不明白人们为什么要自杀。也许你的相机能帮上我的大忙……"

得知我的来意，他把劝说工作交给了同事，和我一起跳上飞帚，朝他的办公室飞去。

听我说完事情的来龙去脉，也差不到了他的办公室。大象沉思了好一会，对我说："根据我在协会多年的工作经验判断，他们之所以会自杀，原因有很多：被老板辞退、考试考砸了……归根结底一条是因为没有了梦，生活没了希望。"

我若有所思地点点头，喃喃地说："没有了梦，生活没了希望……这要怎么办呢？""梦，对了！上次我做怪兽的时候，就是大象用他的照相机找出了我的梦影子！"

"看来啊，这次又要轮到你的相机'出征'了！"我话音未落，大象就会意地掏出照相机，爽快地答应："出发，我们上街去！把正常人的梦都照出来！"

大街上，人来人往。"咔，咔，咔……"大象不停地按快门，闪光灯乱闪一阵后，一沓带着行人梦的影子的照片就到了我手里。

"只有这些人的梦影子肯定不行，因为他们毕竟只是一小部分，照大象目前这速度，这梦影子得收集到猴年马月才收集得全哪？不行，得想个办法。"突然，一道灵光从我脑海中闪过："我何不在全球的地铁站、火车站、飞机场、楼房、超市、学校等地方安上他的相机？这样不就有每个人的梦影子！——但……大象的相机只有一台啊！"思索了好一会儿，我一拍脑袋："我怎么把自己的老本行给忘了呢，用魔法把大象的照相机复制不就得了！"

十几分钟后，在我的魔法作用下，全世界人流密集的地方无一例外地都安上大象的相机。半个月过去了。我把所有的照片都取出来。我马马虎虎地看了看，每个相机大概有几十亿张相片。一共装了几亿个相机，收录了19923272张相片。回到魔堡，我发现所有的相片都装载着一个梦，我想：太好了！这下一定能成功！但是这么多的相片，要怎么处理呢？对症下药既慢又麻烦，全部弄一起又怕怪兽难以接受，要怎么办呢？突然，我想起了芯片。

"对！芯片，我何不把所有照片压缩成一块芯片呢？"我把所有的梦影子压缩进芯片后装进怪兽体内，然后给它们喝下生命药水——一个新的怪兽就成功了！

就在我迫不及待地想把它赶紧寄出去交货时，我猛然想到一个问题：大人们可不会像小朋友那样经常把怪兽带在身边，怎么让怪兽在任

何时间、地点都可以起到作用呢？这个问题同样难不到我这个优秀的女巫，在经过一番捣鼓之后，怪兽又多了一个功能：买主一经购买后，它就会自动化为无形进驻人的心灵。

解决好这个问题之后，我吸取刚才的教训，又对怪兽进行了一番检查。不检查不知道，一检查吓一跳，忙中出错，这个怪兽最主要的，预防自杀的功能如何实现，我居然给忘记激活了——幸好还没有寄出去，不然我的招牌就给砸了。

寻思了一番，我的眼睛看到了大象为我照的那张相片："相片、照相机、大象……"这时，我如梦初醒，大喊："大象的照相机！对，只要利用这个的构造，就可以实现怪兽的全部功能！"说干就干，我立刻将大象相机的内部结构植入怪兽的体内，然后以自己为对象对这个装置进行测试：努力想象自己现在制造的怪兽没达到客户的要求，想象自己到时名誉扫地，我顿时万念俱灰，朝楼顶奔去，准备往下跳……

就在我想跨出第一步时，体内的怪兽自动激活了，在它的操控下，相机自动将芯片里的存储的希望进行扫描，找到了最与我匹配的梦，再根据我的生活经历和所遇到的困难，经过加工，映照在我的脑海里，让我看到了希望，帮助我放弃了自杀的念头。尽管如此，但我还是不放心，毕竟我是制作它的人啊，毕竟我是装出来的呀！于是，我又悄悄地尾随一个看起来准备要自杀的人，偷偷地将怪兽植入他的体内。结果真的没让我失望，在最后关头，他看到了希望，放弃了这种愚蠢的行为！

这种预防自杀的怪兽制作成功之后，我的成就再次震惊了全宇宙，订单再次雪花般地向我飞来。

其实生活有时并没有我们所想的那么糟，只要你心放宽一点，眼看开一点，少一些计较，希望就会像那只怪兽一般，会永驻你心间。有了希望，你就可以轻易"照"出你自己梦的影子，为之努力，为之奋斗，为之幸福。

自然物语

蝉与纺织娘

文 / 郑振铎

你如果有福气独自坐在窗内,静悄悄的没一个人来打扰你,一点钟,两点钟的过去,嘴里衔着一支烟,躺在沙发上慢慢的喷着烟云,看它一白圈一白圈的升上,那么在这静境之内,你便可以听到那墙角阶前的鸣虫的奏乐。

那鸣虫的作响,真不是凡响;如果你曾听见过曼杜令的低奏,你曾听见过一支洞箫在月下湖上独吹着,你曾听见过红楼的重幔中透漏出的弦管声,你曾听见过流水淙淙的由溪石间流过,或你曾倚在山阁上听着飒飒的松风在足下拂过,那么,你便可以把那如何清幽的鸣虫之叫声想象到一二了。

虫之乐队,因季候的关系而颇不同,夏天与秋令的虫声,便是截然的两样。蝉之声是高旷的,享乐的,带着自己满足之意的;它高高的栖在梧桐树或竹枝上,迎风而唱,那是生之歌,生之盛年之歌,那是结婚曲,那是中世纪武士美人的大宴时的行吟诗人之歌。无论听了那叽——叽——的曼长声,或叽格——叽格——的较短声,都可同样的受到一种轻快的美感。秋虫的鸣声最复杂。但无论纺织娘的咭嘎,蟋蟀的唧唧,金铃子之叮令,还有无数无数不可名状的秋虫之鸣声,其声调之凄抑却都是一样的,它们唱的是秋之歌,是暮年之歌,是薤露之曲。它们的歌声,是如秋风之扫落叶,怨妇之奏琵琶,孤峭而幽奇,清远而凄迷,低徊而愁肠百结。你如果是一个孤客，独宿于荒郊逆旅，一盏荧荧的油灯，对着一张板床，一张木桌，一二张硬板凳，再一听见四壁唧唧知知的虫声间作，那你今夜便不用再想稳稳地安睡了，什么愁情，乡思，以及人生之悲感，都会一串串地从根儿勾引起来，在你心上翻来覆去，如白老鼠在戏笼中走轮盘一般，一上去便不用想下来憩息。如果你不是一个客人，你有家庭，你有很好的太太，你并没有什么闲愁胡想，那么，在你太太已睡之后，你想在书房中静静地写些东西时，这唧唧的秋虫之声却也会无端地窜入你的心里，翻掘起你向不曾有过的一种凄感呢。如果那一夜是一个月夜，天井里统是银白色，枯秃的树影，一根一条的很清朗地印在地上，那么你的感触将更深了。那也许就是所谓悲秋。

秋虫之声，大都在蝉之夏曲已告终之后出现，那正与气候之寒暖相应。但我却有一次奇异的经验；在无数的纺织娘之鸣声已来了之后，却又听得满耳的蝉声。我想我们的读者中有这种经验的人是必不多的。

我在山中，每天听见的只有蝉声，鸟声还比不上。那时天气是很热，即在山上，也觉得并不凉爽。正午的时候，躺在廊前的藤榻上，要求一点的凉风，却见满山的竹树梢头，一动也不动，看看足底下的花草，也都静静的站着，如老僧入了定似的。风扇之类既得不到，只好不断地用手巾来拭汗，不断地在摇挥那纸扇了。在这时候，往往有几缕的蝉声在槛外鸣奏着。闭了目，静静地听了它们在忽高忽低，忽断忽续，此唱彼和，仿佛是一大阵绝清幽的乐队在那里奏着绝清幽的曲子，炎热似乎也减少了，然后，朦胧地朦胧地睡去了，什么都不觉得。良久，良久，清梦醒来时，却又是满耳的蝉声。山中的蝉真多！绝早的清晨，老妈子们和小孩子们常去抱着竹竿乱摇一阵，而一只二只的蝉便要跟随了朝露而落到地上了。每一个早晨，在我们滴翠轩的左近，至少百只蝉是这样被捉的。但蝉声并不减少。

常常地，一只蝉两只蝉，叽的一声，飞入房内，如平时我们所见的青油虫及灯蛾之飞入一样。这也是必定被人所捉的。有一天,见有什么东西在槛外倒水的铅斗中咯笃咯笃的作响,俯身到槛外一看,却又是一只蝉,这当然又是一个俘虏了。还有好几次,在山脊上走时,忽见矮林丛中有什么东西在动,拨开林丛一看,却也是一只蝉。它是被竹枝竹叶挡阻住了不能飞去。我把它拾在手中。同行的心南先生说:"这有什么稀奇,放走了它吧。要多少还怕没有!"我便顺手把它向风中一送,它悠悠扬扬地飞去很远很远,渐渐地不见了。我想不到这只蝉就是刚才在地上拾了来的那一只!

初到时，颇想把它们捉几个寄上海去送送人。有一次，便托了老妈子去捉。她在第二天一早，果然捉了五六只来放在一个大香烟纸盒中，不料给依真一见，她却吵着，带强迫的要去。我又托那个老妈子去捉。第二天，又捉了四五只来，依真的纸盒中却只剩下两只活的，其余的都死了。到了晚上，我的几只，也死了一半。因此，寄到上海的计划遂根本的打消了。从此以后，便也不再托人去捉，自己偶然捉来的，也都随手的放去了。那样不经久的东西，留下了它干什么用！不过孩子们却还热心的去捉。依真每天要捉至少三只，用细绳子缚在铁杆上。有一次，曾有一只蝉居然带了红绳子逃去了；很长的一根红绳子，拖在它后面，在风中飘荡着，很有趣味。

半个月过去了；有的时候，似乎蝉声略少，第二天却又多了起来。虽然是叽——叽——的不息地鸣着，却并不觉喧扰；所以大家都不讨厌它们。我却特别地爱听它们的歌唱，那样的高旷清远的调子，在什么音乐会中可以听得到！我每以蝉声将绝为虑，时时干涉孩子们的捕捉。

到了一夜，狂风大作，雨点如从水龙头上喷出似的，向槛内廊上倾倒。第二天还不放晴。再过一天，晴了，天气却很凉，蝉声乃不再听见了！全山上在鸣唱着的却换了一种咭嘎——咭嘎——的急促而凄楚的调子，那是纺织娘。

"秋天到了。"我这样的说着，颇动了归心。

再一天，纺织娘还是咭嘎咭嘎的唱着。

然而，第三天早晨，当太阳晒得满山时，蝉声却又听见了！且很不少。我初听不信；叽——叽——叽格——叽格——那确是蝉声！纺织娘之声却又潜踪了。

蝉回来了，跟它回来的是炎夏。从箱中取出的棉衣又复入箱中。下山之计遂又打消了。

谁曾于听了纺织娘歌声之后再听见蝉的夏曲呢？这是我的一个有趣的经验。

春 雨

文 / 梁遇春

　　整天的春雨,接着是整天的春阴,这真是世上最愉快的事情了。我向来厌恶晴朗的日子,尤其是娇阳的春天;在这个悲惨的地球上忽然来了这么一个欣欢的气象,简直像无聊赖的主人宴饮生客时拿出来的那副古怪笑脸,完全显出宇宙里的白痴成分。在所谓大好的春光之下,人们都到公园大街或者名胜地方去招摇过市,像猩猩那样嘻嘻笑着,真是得意忘形,弄到变成为四不像了。可是阴霾四布或者急雨滂沱的时候,就是最沾沾自喜的财主也会感到苦闷,因此也略带了一些人的气味,不像好天气时候那样望着阳光,盛气凌人地大踏步走着,颇有上帝在上,我得其所的意思。至于懂得人世哀怨的人们,黯淡的日子可说是他们唯一光荣的时光。苍穹替他们流泪,乌云替他们皱眉,他们觉到四围都是同情的空气,仿佛一个堕落的女子躺在母亲怀中,看见慈母一滴滴的热泪溅到自己的泪痕,真是润遍了枯萎的心田。斗室中默坐着,忆念十载相违的密友,已经走去的情人,想起生平种种的坎坷,一身经历的苦楚,倾听窗外檐前凄清的滴沥,仰观波涛浪涌,似无止期的雨云,这时一切的荆棘都化做洁净的白莲花了,好比中古时代那班圣者被残杀后所显的神迹。"最难风雨故人来",阴森森的天气使我们更感到人世温情的可爱,替从苦雨凄风中来的朋友倒上一杯热茶时候,我们很有放下屠刀,立地成佛子的心境。"风雨如晦,鸡鸣不已",人类真是只有从悲哀里滚出来才能得到解脱，千锤百炼，腰间才有这一把明晃晃的钢刀，"今日把似君，谁为不平事"。"山雨欲来风满楼"，这很可以象征我们孑立人间，尝尽辛酸，远望来日大难的气概，真好像思乡的客子拍着阑干，看到郭外的牛羊，想起故里的田园，怀念着宿草新坟里当年的竹马之交，泪眼里仿佛模糊辨出龙钟的父老蹒跚走着，或者只瞧见几根靠在破壁上的拐杖的影子。所谓生活术恐怕就在于怎么样当这么一个临风的征人罢。无论是风雨横来，无论是澄江一练，始终好像惦记着一个花一般的家乡，那可说就是生平理想的结晶，蕴在心头的诗情，也就是明哲保身的最后壁垒了；可是同时还能够认清眼底的江山，把住自己的步骤，不管这个异地的人们是多么残酷，不管这个他乡的水土是多么不惯，却能够清瘦地站着戛戛然好似狂风中的老树。能够忍受，却没有麻木，能够多情，却不流于感伤，仿佛楼前的春雨，悄悄下着，遮住耀目的阳光，却滋润了百草同千花。檐前的燕子躲在巢中，对着如丝如梦的细雨呢喃，真有点像也向我道出此中的消息。

可是春雨有时也凶猛得可以，风驰电掣，从高山倾泻下来也似的，万紫千红，都付诸流水，看起来好像是煞风景的，也许是那有怀抱罢。生平性急，一二知交常常焦急万分地苦口劝我，可是暗自扪心，自信绝不是追逐事功的人，不过对于纷纷扰扰的劳生却常感到厌倦，所谓性急无非是疲累的反响罢。有时我却极有耐心，好像废殿上的玻璃瓦，一任他风吹雨打，霜蚀日晒，总是那样子痴痴地望着空旷的青天。我又好像能够在没字碑面前坐下，慢慢地去冥想这块石板的深意，简直是个蒲团已碎，呆然跌坐着的老僧，想赶快将世事了结，可以抽身到紫竹林中去逍遥，跟把世事撇在一边，大隐隐于市，就站在热闹场中来仰观天上的白云，这两种心境原来是不相矛盾的。我虽然还没有，而且绝不会跳出人海的波澜，但是拳拳之意自己也略知一二，大概摆动于焦躁与倦怠之间，总以无可奈何天为中心罢。所以我虽然爱蒙蒙茸茸的细雨，我也爱大刀阔斧的急雨，纷至沓来，洗去阳光，同时也洗去云雾，使我们想起也许此后永无风恬日美的光阴了，也许老是一阵一阵的暴雨，将人世哀乐的踪迹都漂到大海里去，白浪一翻，什么渣滓也看不出了。焦燥同倦怠的心境在此都得到涅磐的妙悟，整个世界就像客走后，撤下筵席洗得顶干净，排在厨房架子上的杯盘当个主妇的创造主看着大概也会微笑罢，觉得一天的工作总算告终了。最少我常常臆想这个还了本来面目的大地。

可是最妙的境界恐怕是尺牍里面那句烂调，所谓"春雨缠绵"罢。一连下了十几天的春雨，好像再也不会晴了，可是时时刻刻都有晴朗的可能。有时天上现出一大片的澄蓝，雨脚也慢慢收束了，忽然间又重新点滴凄清起来，那种捉摸不到，万分别扭的神情真可以做这个哑谜一般的人生的象征。记得十几年前每当连朝春雨的时候，常常剪纸作和尚形状，把他倒贴在水缸旁边，意思是叫老天不要再下雨了，虽然看到院子里雨脚下一粒一粒新生的水泡我总觉到无限的欣欢，尤其当急急走过檐前，脖子上溅几滴雨水的时候。可是那时我对于春雨的情趣是不知不觉之间领略到的，并没有凝神去寻找，等到知道怎么样去欣赏恬适的雨声时候，我却老在干燥的此地做客，单是夏天回去，看看无聊的骤雨，过一过雨瘾罢了。因此"小楼一夜听春雨"的快乐当面错过，从我指尖上滑走了，盛年时候好梦无多，到现在彩云已散，一片白茫茫，生活不着边际，如堕五里雾中，对于春雨的怅惘只好算做内中的一小节罢，可是仿佛这一点很可以代表我整个的悲哀情绪。但是我始终喜欢冥想春雨，也许因为我对于自己的愁绪很有顾惜爱抚的意思；我常常把陶诗改过来，向自己说道："衣沾不足惜，但愿恨无违。"我会爱凝恨也似的缠绵春雨，大概也因为自己有这种的境罢。

秋天的雨

文 / 钟东旭

秋天，是丰收的季节，风的季节，雨的季节，也是凉爽的季节。

窗外的雨"淅淅沥沥"地下着，似乎有讲不完的话。

雨落在草地上，"沙沙"声响，无比的轻柔，像一颗颗小水晶。

雨落在水塘里，滴答滴答，溅起了无数的水花。

雨落在校园里，叮咚叮咚，从这片叶子上跳到那片叶子上，可爱极了。

雨落在大街上，人们纷纷撑起了雨伞，汽车的"嘟嘟"声，自行车的"叮铃"声，和那"淅淅沥沥"的雨声奏起了大自然的交响曲。

雨落在我的头上，我"哇哇"地叫了起来。

雨落在屋顶上，叮咚叮咚，一会儿落到了这里，一会儿落到了那里。

雨真像顽皮的孩子，雨是滋润万物的甘露，是大自然的使者。

我爱秋天的雨。

溪

文 / 陆蠡

　　你说你是志在于山，而我则不忘情于水。山黛虽则是那么浑厚，淳朴，笨拙，呆然若愚的有仁者之风，而水则是更温柔，更明洁，更活泼，更有韵致，更妩媚可亲，是智者所喜的。我甚至于爱沐在水底的一颗颗圆洁的卵石，在静止的潭底里的往往长着毛茸茸的绿苔，在急湍的浅滩中则被水磨挲得仅剩一层黄褐色的皮衣，阳光透过深浅不一的水层，投射在磊磊不平的石面，反映出闪动的金黄色的光圈。一粒之石岂不能看出整座的山岳来吗？卵石与粒沙孰大？山岳与世界孰小？倘能参悟这无关闳旨的微义，将不会怪我故作惊人之语了。"给我一块石，便可以造出整个的山来"，也不过是一句老话的脱胎。

　　不知你有否打着赤足渡过一条汩汩小溪的经验？你的眼睛须得望着前面的一个目标，一株柳树或是一个柴堆；假使你褰着衣裳呢，则两手便失却保持平衡的功用了；脚下的卵石又坚硬，又滑，走平路时落地的总是趾和踵，足心是娇养惯的，现在接触上这滑硬的石子，不好说痛，又不好说痒，自然而然便足趾拳曲拢来，想要缩回。眼光自动地离开前面的目标，移到滔滔流逝的水面，仿佛地在脚下奔驰，感到一阵晕眩。此时你刚走过小溪的一半，水淹没了半条腿的样子，挟着速度的水流从侧面一阵推荡，便会冷不防地被冲倒。等你站直身子来，已襦裳尽湿了。

　　我初次爱水有甚于山的时候，是在黄梅久雨后的晴天。雨丝帘幕似的挂在我的窗前有半个多月了，"这是夏眠呢。"我想。一天早晨靠东的窗格里透进旭红的阳光，霍地跳起身来，跑到隔溪的石滩上。松林的梢际笼着未散尽的烟霭，树脂的气息混和着百草的清香，尖短的柳叶上擎着夜来的雨珠，冰凉的石子摸得出有几分潮湿。一片声音引住了我，我仰头观看，啊！沿溪的一带岩岗，拍岸的"黄梅水"涨平了。延伸到水里的石级，上上下下都是捣衣的妇女。阳光底下白的衣被和白的水融成一片。韵律的砧声在近山回响着。"咚！"一只不可见的手拨动了我的一根心弦，于是我爱上这汤汤的小溪，"洋洋乎志在流水"了。我摹绘着假如这是在月光里，水色衣色和月色织成一片，不见捣衣的动作而只有万山齐应的砧声，"长安一片月，万户捣衣声"，那便未免有玉关哀怨之情，弥漫着离愁之境了。我宁愿看到晨曦里的浣妇，她们的身旁还玩着梳着总角髻的孩子，拿一根柴枝，在一片树叶上或一团乱草上使劲地搥，学着姊姊和妈妈们的动作。

　　我初次爱水有甚于山的时候，是在我游罢归来之后。自从泛迹彭蠡，五湖于我毫无介恋，故乡的山水乃如蛇啮于心萦回于我的记忆中了。我在别处所看到的大都是莽莽的平原，难得有一块出奇的山。湖沼是有的，那是如妇人在晓妆时被懒欠呵昙了的镜，或如净下一脸脂粉的盆中的水，暗蒙而厚腻的；河流也见得很多，每每是黄，或者发黑，边上浮着朱门里倾倒出来的鱼片肉片，菜片，如同酒徒呕出来的唾沫。我如怀恋母亲似的惦记起故乡的山水了。我披着四月的雾，沐着五月的雨，栉着八月的风，踏着腊月的霜，急急忙忙到这溪边来。倘使我做了大官回来，则挂冠之后，辟芜芟秽，葺舍书读于山涯水涯，岂不清高之至！而我往来只是一条穷身，所以冒清早背着手来望这一片捣衣了。

　　人每每有溯源穷流的爱好，这探索的德性我颇重视。你问这溪流源出自什么地方，这事我恰恰知道。我在很小的时候开始用"呜呼"起头做作文的时候便知道了。那是一位花白胡须的先生告诉我的。我以后也没有去翻考县志通志，所以我知道的只限于此。我讨厌别人背诵着县志里的典故和诗词，我也不看名人壁上的题句，我不愿浪费我的强记。你该以我回答你的问题为满足了。这溪流发源于鹧鸪山，用这多啼的鸟命山，是落入宋人风格的，则此山的命名肇于宋代可知。那也该在南迁之后。则我的祖先耕牧于这山水之间，已八百年于兹了。

你看这溪流曲折，在转角的岩壁之下汇成深潭。潭中有很大的鱼，一种有着粗的鳞，红的鳍，绿的眼，金黄的腹和青黑的背，是极活泼的鱼，我们叫做"将军"，在水中是无敌的，一出水立刻便死了，这颇合于英雄的本色。这潭里的鱼虽肥且多，可是不准捞捕，岩上不是镌着"放生"的大字么？垂钓是可以的。你有"猫儿耐心乌龟性"么？当然可以披上蓑衣，戴上箬笠，斜风细雨中，把两根钓竿同时放在水里。我也钓过的。那是阴雨迷蒙的天，打在身上的雨好像雾一样，整半天也不会潮湿。这样的雾雨落水便无声了，只把水面罩上一层轻烟，而水中的人影便隐约得好像在锈上了铜绿的被时代遗弃了的古铜镜里照见的面颜。说鱼儿是因为看不清钓者的脸，才大胆地浮上水面来游戏呢。这里我不想引物理学折光的原理来证明鱼在水中所能望及水岸上的可怜的狭小的视野。不是在谈钓鱼么，我钓鱼了。我带了几把米，罐里放了几条虫。我怕虫，还是央邻哥儿替我钩上去的。放钓了，在虫上啐了一口吐沫，抛了出去，"啐……"在水面上撒上一把米，说"大鱼不来小鱼来"啊便耐心等着，许久，不见动静，"啐……"复撒上一把米，等着，等着，仍是一丝不见动静，邻哥儿却捞了半尺长的金鲤鱼了。"啐……啐……"我复撒上一把米，白的米在水中一摇一晃地沉下，我的浮标依然不见动静：我开始想这撒下白米是什么意思？这无齿的鱼！是听见"啐……啐……"的声音便疑是坠下什么东西来了前来觅食么，还是看到这白色耀眼的米来察看究竟是什么的出于好奇之感？看看衣袋里的米撒完了，我抓了一把沙，"啐……啐……"毫不吝惜地撒下去，过了半天，浮标动了，捞上来的是一寸长的鲫鱼。我笑了，我的半袋白米！我以后就简直灰心得懒得垂钓了。

你不看这溪岸么？山岗自远处迤逦而来，到这溪边成了断壁。壁下被流水冲空了的岩麓像是巨龙的口，像是饮水的巨龙。那向左蜿蜒起伏的便是龙尾。对，此地便名叫龙头。这头上有一块草木不生的岩皮。告诉你一个故事罢，这故事不载于府志，不载于县志，不载于"笔记"，不载于"志异"，而我恰恰知道。原来这片岩岗是活龙头。从前一位堪舆先生说这龙头是大吉祥之地，当时有人不信，他便说"你去站在龙尾，我站在龙头大喝一声，龙尾便该拨动起来"。他们这样做了。堪舆先生站在龙头大喝一声，龙尾动了。于是站在龙尾的便派了一个孩子传语道，"龙尾动了"，而这孩子口齿不清传错了说："龙不动了"，堪舆

先生大怒，遂喝道，"畜生，该剥皮哪！"于是龙头上便成了一个疮疤，一年四季不生青草。

然而，看你的目光移上这溪边东西两端的两棵大树，让我把所知的再告诉你罢。

既然是龙头，则龙头岂可无角。是哟！这溪东西两尽头的两株数合抱的大樟树，岂不是嵯峨的两只龙角。因为是龙的角，所以十数年前樟脑腾贵的时候幸未被商人采伐，制成樟脑运销到金元之邦。东端的树下我是熟识的。秋时鸦雀吞食樟子，果皮消化了，撒下一颗颗坚硬的乌黑的种子，亮晶晶地看来一点也不肮脏，我们是整衣袋装着，当作弹子用竹弓打着玩的。樟树朝南向溪的方向，挖了一个窟窿，这是无知的妇女所作的伤残。她们求樟神的保佑，要给她们中了花会——这是妇女们中间流行着的一种赌博——竟不惜向大树跪拜，磕头许愿说着了之后拿三牲福礼请它。结果是没有中。愤怨使她们迁怒于树身，便在树根近傍凿了一个窟洞，据说凿时还有血浆流出来哩。这树底下是我们爱玩的地方，这树阴覆着我的童年，愿它永远葱茏郁茂罢。至于西边长着另一株树的地方是一个幽僻的所在。那儿一带都是无主的荒坟。说时常有男女到那里去幽会，那想怕不是真的。直到现在我还不曾细细去踏一遍。我仅遥望着树下双双的池塘，被蓼莪和菖蒲湮塞。夏初布谷从乱草中吐出啼声来。

让我们的幻想不要窜进那阴暗的坟窝，让我们记忆的眼睛落在昼夜不息地渲潺着的小溪的岸上。浣衣妇一一携着衣篮归去了，把白的衣被无秩序的铺晒在岩上，石上，草上，令远处望来的人会疑是偃卧着的群羊，恍如闹市初散，溪边留下一片寂寞。屋背的炊烟从黑烟变成白烟了，那是早饭要熟的时节。我颇不想离开这可爱的小溪。想到会有一天仍将随着溪水东流而下，复回复到莽莽的平原去看看被懒欠呵昙了的妇人的妆镜和洗下油脂腻粉的脸水似的湖沼或到带着酒气和血腥的黄浊的河流边去过活时，不胜悲哀。

江南第一刹灵隐寺的传说

摘编 / 帆帆

位于西湖灵隐山麓的灵隐寺，为杭城最早的古寺，也是我国佛教禅宗十大古刹之一。创建于东晋咸和三年，距今已有1670多年了。

相传公元326年，从印度来了一个和尚，名叫慧理，他从中原云游进入我国浙江的武林山，这里的武林山其实就是我国杭州西湖三面的群山。

慧理见这里山清水秀，白云缥缈，怪石嶙峋，就非常惊讶地叹道："此乃中天竺国灵鹫山下的小峰，怎么会飞到此地来呢？佛祖如来在世时，灵鹫山多为仙灵所隐之地，看来这地方也将成为佛国佳境。"

为了印证此峰确为天竺飞来，慧理告诉当地的人们说："这飞来的山峰里向来住有两只猿猴，一黑一白。如果这山确系从天竺国飞来，那么黑白二猿也一定会相随而来。"说完，他来到山脚的洞口，俯身朝洞内呼唤。果然，随着他的喊声，有一只黑猿和一只白猿从洞中奔跃而出。大家这才相信他的话，把这个洞称为"呼猿洞"，把这座山峰称之为"呼猿峰"。

后来，慧理在此山峰下卓锡建寺，寺名灵隐，取"仙灵所隐"之意，并将这座山峰称作飞来峰。就这样，在这山灵水秀、层峦叠嶂的地方就有了一座寺庙点缀其中，如诗如画。

这座寺庙地处杭州西湖以西，它造园的艺术，可归结为一个

"隐"字。一般寺院，前面往往比较开阔，以炫耀法门的气派。而灵隐寺却处在群峰环抱的山谷中，背靠雄伟的北高峰，面朝秀美的飞来峰，寺前一泓清泉流过，恍如仙灵所隐之地。为此，后来的宋朝诗人苏东坡，游完灵隐之后，吟咏出"溪山处处皆可庐，最爱灵隐飞来孤"的诗句。

慧理和尚建完灵隐寺以后，又在旁边的几座山峰上分别修建了灵山、灵峰、永福、下天竺等寺庙，但后来这些寺庙都毁掉了，仅剩下了现在的灵隐寺。

慧理和尚主持修建了几处寺庙后，终生在中国传播佛法，再也没有回到印度。后来，人们为了纪念这位灵隐寺的开山之祖，便在慧理法师去世后，将他的骨灰埋于灵隐龙泓洞口之理公岩下，并在上面建立了一座佛塔，取名理公塔，又名灵鹫塔。

现存的理公塔重修于明代，是杭州现存唯一的明塔。此塔是一座石结构的楼阁式塔，高8米余，六面七层，殊为罕见。全塔由下至上逐级收分，结构朴实无华，别具一格。

据史书记载，理公塔曾于明万历十五年倒塌，后至明万历十八年，当时的如通、祓秽和尚与佛教信徒程理，又动工重建理公塔。古朴沧桑的理公塔见证了一位印度高僧历经千山万水来到中国弘扬佛法的艰辛。

五代时期吴越国王钱镠信奉佛教，始终奉行"信佛顺天"之旨，在位期间广修庙宇塔寺，使得杭州城乡各地遍布寺院，寺与寺之间，梵音相闻，僧众云集。钱镠对灵隐寺的建设尤为关注，960年，钱镠亲自请来延寿禅师重兴灵隐寺。这个延寿禅师，是余杭人士，为净土宗六祖，在中国佛教史上占有重要的地位。

面对百废待兴的局面，延寿禅师苦心经营，设计新的寺院布局，除了完成山门、大殿等的重建，还拓建了五百余间僧房。后周显德七年

（960年），吴越忠懿王钱弘俶又在延寿禅师所建的灵隐寺基础上，继续扩建石幢二座。

在杭州的历史上，吴越时期，吴越王"以有土有民为主，不忍兴兵杀戮"，保境安民，休兵乐业，清明向上的"吴越之治"，使杭州成为东南地区的政治、经济、文化中心，更是佛教文化的中心。

到现在为止，灵隐寺内还留下了特别丰富的吴越时期摩崖石刻、佛像塑造和佛经雕刻，以及寺字园林、佛塔经幢等。

经过吴越扩建后的灵隐寺学佛习禅之人日渐增多，佛门禅坛的诗词文章层出不穷。灵隐寺再一次佛光重现，一时间僧众三千之多，常有异邦僧侣前来取经。

南宋时，灵隐寺主持慧远禅师收有一徒弟道济，此人便是后来鼎鼎大名的济公和尚。

道济少小时读书于赤城山，天资聪颖，工诗文、通经史，无纨绔子弟恶习。在父母双亡，家道中落以后，看破尘世，18岁去杭州灵隐寺，依止瞎堂慧远禅师剃度出家。

他在庙里不守戒律，嗜好酒肉，性格幽默诙谐，举止癫狂。常徜徉市井，与小儿为伍。慷慨好义，扶危济困，惩恶奖善，好打不平，因不守寺规，受众僧攻击，瞎堂则认为，"佛门广大，岂不容一颠僧"，人们称他"非俗非僧，非凡非仙"。

慧远圆寂后，道济又到净慈寺做书记僧，最后圆寂在虎跑寺。因灵隐寺是道济出家和被长老点醒灵性的地方，所以在灵隐寺内大雄宝殿的"慈航普度"群塑中，人们为他留有塑像。

一生任性逍遥、游戏人生的济公活佛，注重修心，不拘形式，放浪形骸，他所彰显的是一种自然天真、随缘入世的度化精神。八百多年来，济公传说已成为文学艺术取之不尽的素材。同时，济公传说作为一种独特的文化现象，深刻在我国民众心里。正是因为如此，后来，人们便在济公出家的灵隐寺修建了一些济公塑像和一座济公殿。

这座济公殿是1991年以后建成的。这座殿宇,巍然屹立,气魄雄伟,庄严肃穆,宏伟壮观,在建筑风格上也与灵隐寺原有的天王殿、大雄宝殿保持一致,新老建筑浑然一体。

济公殿不像别殿那样金碧辉煌,却别有一番淡定雅致、超尘脱俗,俨然是佛殿中的清澈之所。殿中供奉有三尊不同形态的济公像。其中,最中间的一尊稍大的济公佛像右手拿破扇,左手持念佛珠,右脚搁在酒缸上,悠闲地坐在须弥座上。左右两边稍小的佛像,一边的济公顶着一顶破僧帽,右手摇一把破芭蕉扇,左手拿一只酒缸,仿佛喝醉一般站立于须弥座,另一边则是得了道、修得了正果的道济禅师,比较富态,比较严肃。

济公生性癫狂,却好管不平之事,世人戏称为"济癫",既"癫"且"济",他扶危济困、彰善罚恶,深受百姓喜爱和尊崇,成为历代广受供奉祭祀的神灵。

济公成佛后的尊号长达28个字:"大慈大悲大仁大慧紫金罗汉阿那尊者神功广济先师三元赞化天尊。"他集佛道儒于一身,堪称神化之极。

此外,灵隐寺济公殿的殿前还挂有《济公圣训》,原文如下:

一生都是修来的——求什么,

他家富贵前生定——妒什么,

今日不知明日事——愁什么,

前世不修今受苦——怨什么,

不礼爹娘礼世尊——敬什么,

赌博之人无下梢——耍什么,

兄弟姐妹皆同气——争什么,

治家勤俭胜求人——奢什么，
儿孙自有儿孙福——忧什么，
冤冤相报几时休——结什么，
岂可人无得运时——急什么，
世事如同局一棋——算什么，
人世难逢开口笑——苦什么，
聪明反被聪明误——巧什么，
补破遮寒暖即休——摆什么，
虚言折尽平生福——谎什么，
食过三寸成何物——馋什么，
是非到底见分明——辩什么，
死后一文带不去——悭什么，
谁能保得常无事——诮什么，
前人田地后人收——占什么，
穴在人心不在山——谋什么，
得便宜处失便宜——贪什么，
欺人是祸饶人福——卜什么，
举头三尺有神明——欺什么，
寿自护生爱物增——杀什么，
荣华富贵眼前花——傲什么，
一旦无常万事休——忙什么。

  这《圣训》内容虽不多，但语言朴素，句句深具哲理，含着极大的人生智慧。读一读《济公圣训》，可以让人觉得世间无烦事，好似一股清泉从我们的心里流出，通向四肢百骸。

  灵隐寺历经沧桑，千年不朽。到了北伐战争时期，军阀吴佩孚所辖的第 31 团团长徐图进，为了窃取千年古珍佛宝——灵隐寺第一代主持大师碧钵和尚座化的一口古缸——生天堂，不惜放火烧毁了这座千年古刹。

新中国建立后，灵隐古刹受到中国共产党和人民政府的关怀，曙光初露，为千年古刹带来了光明和希望。1952 年浙江省政府成立了"杭州市灵隐寺大雄宝殿修复委员会"，主持修复工作，改原来砖木结构为钢筋水泥结构。

1954 年，重新修建的大雄宝殿落成。1985 年起，灵隐寺制定全面恢复寺院 10 年规划，共三期工程，投资 3000 余万元，将灵隐寺修建成一座亭台楼阁齐全、殿堂寺宇齐配的佛教丛林，再现江南千年古刹雄姿。

现在，灵隐寺寺内主要建筑是在清末重建基础上陆续修复再建的，灵隐寺布局与江南寺院格局大致相仿，全寺建筑中轴线上依次为天王殿、大雄宝殿、药师殿、藏经楼和华严殿等五大殿，构成了灵隐寺的主体建筑。

此外，灵隐寺内还有钟楼、鼓楼、斋堂、客堂、方丈经堂、伽蓝殿、功德堂和念佛堂等附属建筑。整体建筑庄严静谧，更有名家题匾，美轮美奂。

其中，灵隐寺内的药师殿是一座单层重檐歇山顶的大殿，1993 年正式开光，大殿上的匾额是原佛教协会主席赵朴初先生所书。

殿内台座上结跏趺坐的是东方净琉璃世界的药师佛，全称为"药师琉璃光如来"，大乘佛教佛名为"东方净琉璃世界"教主。药师佛面相慈善，仪态庄严，身呈蓝色，乌发肉髻，双耳垂肩，身穿佛衣，袒胸露右臂，右手膝前执尊胜诃子果枝，左手脐前捧佛钵，双足跏趺于莲花宝座中央。

药师佛左右分别是手托太阳象征光明的日光菩萨和手托月亮象征清凉的月光菩萨，三者合称为"东方三圣"。

日光菩萨为通身赤红色，坐赤莲上，左手持赤莲，右手半举朝内结印，莲上安日轮。他的名号，是取自"日放千光，遍照天下，普破冥暗"的意思。此菩萨持其慈悲本愿，普施三昧，以照法界俗尘，摧破生死之暗冥，犹如日光遍照世间，故取此名。"日光遍照"在佛法上表智慧，放射无量光明，普透一切宇宙生命，使自昏昧迷蒙中醒觉。

月光菩萨又作月净菩萨、月光遍照菩萨。月光菩萨为童子形，坐赤莲上，黄色装，右手执上安半月之细叶青莲，左手持未敷莲花。大殿的左右两边是药师佛的十二弟子"药童"，又称"药叉大将"。分别是官毗罗大将、伐折罗大将、迷企罗大将、安底罗大将、頞你罗大将、珊底罗大将、因达罗大将、披夷罗大将、摩虎罗大将、真达罗大将、招杜罗大将、毗羯罗大将，且他们各有七千药叉，以为眷属。

他们不仅顶盔挂甲，神态威武，而且会按12个时辰轮流值班，及时去拯救那些生病的信徒，保护众生。人们按照中国的习俗给他们配上了十二属相的图案，分别成为各个属相的保护神。

位于药师殿后面山坡上的是也被称为直指堂的藏经楼。

华严殿是灵隐寺的最高处，也是灵隐寺的最后一重殿。从华严殿往下观望，天王殿、大雄宝殿、药师殿、藏经楼和华严殿5座大殿贯穿在一条中轴线上，层层递进，殿门上挂有我国原全国人大常委会委员长乔石的亲笔题字"华严殿"。

殿门匾额上书有"华藏世界"4个大字。华严殿里供放着华严三圣：当中圆满抱身佛像，即如来，微笑着俯视众生。佛祖右边是手执如意的大行普贤菩萨，左边手执莲花的是大智文殊菩萨。

三尊佛像都端坐在勾着金边的莲花宝座上，造型端庄凝重，气韵生动，极具风采。佛身是深褐色，而佛的衣裳莲座都是浅褐色，这是因为这三尊佛像的佛身都是用一株巨楠木制成，这棵巨楠木是一位居士在缅甸发现的，直径有两米多，故请来灵隐做成佛像。而衣裳莲座都是用樟木制成，颜色较浅，深浅相配，更显奇妙。据记载：三者都是华严世界里的圣人，所以又称为"华严三圣"，华严殿即是依此而得名。

华严殿的东侧建有配置彩色灯光的"九龙吐水"大型水池。池中央顶部的大理石摩尼宝珠，直径为1.5米，重达6吨。入夜，在斑斓彩灯的映照下，九龙竞相吐水，圆珠缓缓转动，数股清流环池泻下，水声潺潺，山谷回应，景色十分迷人。

华严殿的西侧有一塑像，这是日本"遣唐使"空海，当年曾在灵隐寺修行，回国后创立了"真言宗"，被人赐号"弘法大师"。如今，人们在华严殿塑了空海的像是为了纪念中日在历史上的友好交往。

灵隐寺的五百罗汉堂自明代就有，后来毁废，清朝道光年间曾经重建并名噪一时，但于1936年秋天遭受火灾而再次毁灭。

新中国成立后，众佛界人士一直想重建罗汉堂，现今的罗汉堂是1998年重建的。总面积为3116平方米，中央高度为25米，其平面呈"卍"形，"卍"为佛祖的三十二相之一，以示万法唯心、万德圆融、万缘俱息之意。重建后的五百罗汉堂系仿清建筑，飞檐翘角，气势雄伟，它是目前我国国内规模最大的罗汉堂。

灵隐寺罗汉堂内供奉有五百尊青铜罗汉像，每尊高为1.7米，底座宽1.3米，重1吨，其形象各异，表情丰富，千姿百态，栩栩如生，惟妙惟肖，是佛教艺术造型中的精品。

罗汉是梵语阿罗汉的简称，意为杀贼、不生、应供三义，为佛教声闻圣人。杀贼，贼指见、思之惑。阿罗汉能断除三界见、思之惑，故称杀贼。不生，即无生。阿罗汉证入涅槃，而不复受生于三界中，故称不生。应供，阿罗汉得漏尽，断除一切烦恼，应受人天之供养，故称应供。

灵隐寺五百罗汉堂的正中设有浓缩佛教四大名山的巨大铜殿，分别供奉五台山文殊菩萨、峨眉山普贤菩萨、普陀山观音菩萨、九华山地藏菩萨。在佛教中，此四大菩萨分别象征大智、大行、大悲、大愿。铜殿高12.62米，翼展7.77米，底部面积5平方米。采用铸、锻、刻、雕、镶等12种工艺，三重檐，四立面，柱有蟠龙，栏有镂花，造型精致，气势磅礴，为"世界室内铜殿之最"，已被列入吉尼斯世界纪录。

罗汉堂外廊四面有24块罗汉故事东阳木雕，栩栩如生，四周与之相配套的有具德亭、罗汉碑记、佛掌石、水池、喷泉、花坛等景致。

灵隐图书馆是灵隐寺储藏历代所收集的书籍的场所，位于药师殿西面。

灵隐寺藏书颇有传统，早在清朝道光年间，浙江巡抚、著名学者阮元在灵隐寺创建了"灵隐书藏"，广集世典和历代文物经籍书画等，并按唐代诗人宋之问的诗来编目，这一藏书活动后来中断。

新建的灵隐寺图书馆取名"云林图书馆"，建于2003年，建立目的之一就是为了恢复"灵隐书藏"的功用，让有心学习佛法的大众来到灵隐寺的时候，可以得到佛法的洗礼，智慧的灌顶，让其对佛教有一个正确的认知。

图书馆采用了现代化的管理方式，馆内的典籍从性质上主要分为两类：一是佛教类，其中可分佛教教理类、佛教史学类、佛教文学类、佛教艺术类、佛教美学类、佛教寺志类等。并存有多部藏经，如《大正藏》《永乐南藏》《永乐北藏》《中华大藏经》等；二是文史哲类，其中可分外国文学、中国文学、外国史学、中国史学、外国哲学、中国哲学等。此外，还有一些英文、日文书籍，涉猎甚广。

佛法自古而今博大精深，典籍更是汗牛充栋、名目繁多。当前佛教僧众，在知识经济时代的冲击下，不但要学好教内义理，同时还要掌握大量的教外知识，只有这样才称得上是现代化的合格僧才。灵隐图书馆的建立，为培养现代化的合格僧才准备好了必要的硬件设施。图书馆目前只对寺内僧众和职工开放，但计划在逐渐扩大规模后，向市民开放。

灵隐寺除了以上的建筑和景点之外，周围还有飞来峰石窟造像、莲花峰、壑雷和冷泉二亭等著名景点，吸引着海内外游客。

进入新世纪，灵隐它早已成为人们学佛、观光、祈福、休闲的佛教胜地。2004年3月3日，失散77年的镇寺之宝"生天堂"古缸又重归灵隐寺。现在，灵隐寺香火兴旺，香客遍及大江南北，已成为西湖景区一大佛教文化景观。

家乡素描

山阴道上

文 / 徐蔚南

一条修长的石路，右面尽是田亩，左面是一条清澈的小河。隔河是个村庄，村庄的背景是一联青翠的山岗。这条石路，原来就是所谓"山阴道上，应接不暇"的山阴道。诚然"青的山，绿的水，花的世界"。我们在路上行时，望了东又要望西，苦了一双眼睛。道上很少行人，有时除了农夫自城中归来，简直没有别个人影了。我们正爱那清冷，一月里总来这道上散步二三次。道上有个路亭，我们每次走到路亭里，必定坐下来休息一会儿。路亭的两壁墙上，常有人写着许多粗俗不通的文句，令人看了发笑。我们穿过路亭，再往前走，走到一座石桥边，才停步。不再往前走了，我们去坐在桥栏上了望四周的野景。

桥下的河水，尤清洁可鉴。它那喃喃的流动声，似在低诉那宇宙的永久秘密。

下午，一片斜晖，映照河面。有如将河水镀了一层黄金。一群白鸭聚成三角形，最魁梧的一头做向导，最后的是一排瘦膺的，在那镀金的水波上向前游去，向前游去。河水被鸭子分成二路，无数软弱的波纹向左右展开，展开，展开，展到河边的小草里，展到河边的石子上，展到河边的泥里……

我们在桥栏上这样注视着河水的流动，心中便充满了一种喜悦。但是这种喜悦只有唇上的微笑，轻匀的呼吸，与和善的目光能表现得出。

我还记得那一天。当时我和他两人看了这幅天然的妙画,我们俩默然相视了一会儿,似乎我们的心灵已在一起,已互相了解,我们的友谊已无须用言语解释,——更何必用言语来解释呢?

远地里的山岗,不似早春时候尽被白漫漫的云雾罩着了,巍然接连着站在四围,青青地闪出一种很散漫的薄光来。山腰里的寥落松柏也似乎看得清楚了。桥左旁的山的形式,又自不同,独立在那边,黄色里泛出青绿来,不过山上没有一株树木,似乎太单调了;山麓下却有无数的竹林和<u>丛蔽</u>。

离桥头右端三四丈处,也有一座小山,只有三四丈高,山巅上纵横都有四五丈,方方的有如一个露天的戏台,上面铺着短短的碧草。我们每登上了这山顶,便如到了自由国土一般,将镇日幽闭在胸间的游戏性质,尽情发泄出来。我们毫没有一点害羞,毫没有一点畏惧,我们尽我们的力量,唱起歌来,做起戏来,我们大笑,我们高叫。啊!多么活泼,多么快乐!几日来积聚的烦闷完全消尽了。玩得疲乏了,我们便在地上坐下来,卧下来,观着那青空里的白云。白云确有使人欣赏的价值,一团一团地如棉花。一卷一卷地如波涛,连山一般地拥在那儿,野兽一般地站在这边:万千状态,无奇不有。这一幅最神秘最美丽最复杂的画片,只有睁开我们的心灵的眼睛来,才能看出其间的意义和幽妙。

太阳落山了,它的分外红的强光从树梢头喷射出来,将白云染成血色,将青山也染成血色。在这血色中,它渐渐向山后落下,一忽而变成一个红球,浮在山腰里。这时它的光已不耀眼了,山也暗淡了,云也暗淡了,树也暗淡了,——这红球原来是太阳的影子。

苍茫暮色里,有几点星火在那边闪动,这是城中电灯放光了。我们不得不匆匆回去。

那些触动我们少年时代的歌

文 / 如风

与朋友在杭州一家很豪华的农家菜馆吃饭，等待上菜时，我听到了一首歌，一首已被潮流抛弃的老歌——《铁窗泪》，这首久违的俚俗歌曲吹开了记忆之门，把我带回到少年时代，让我感受到昨夜之风徐徐吹来。

我记得这首歌，记得十几年前，蜂城的大街小巷都在播放这些囚歌。那时，我大概上小学五年级，我们一家四口住在大姑家前面的那幢房子里。在终于离开了那个白天关上大门就变成黑夜的车库之后，我们又租了一幢独立的房子，是东北小城惯有的那种红砖白墙、坐北朝南的房屋，格局与鲁村一样，老三间，一幢长方形的房子平均分成三部分，一进门是一个宽敞的厨房，左右各一个卧室，厨房里有两口大锅，卧室里各有一张大炕，火炕基本上是从墙的这头贯穿到那头，一个长方形的房间被土炕从中一分为二。一想起那幢房子，我就想起在那幢房子里所度过的时光，想起那段遥远的岁月及那段岁月中的小伙伴。

我那时已经不太寂寞，并且渐渐摒弃了从农村搬到城市之后的自卑感，经过几年的磨合，我的生活、思想及与城里孩子一起玩乐时的游戏和谈资已经很接近了，这也让他们忘记了用城里孩子特有的不知哪儿来的清高歧视我这个从农村搬来的野丫头。所以，那两年过得还不赖，无风无雨，自然成长，还远远没有到达青春期，未受到它莫名的深重而无奈的折磨。

　　那两年的日子过得潇洒自由，物质上一无所有，并且饭量也没有因为贫穷有所减少，反而增加不少，个头儿拼命疯长，像被人拔苗助长了一样，没有因为贫穷而耽误了成长中的身体所应该吸取的养分，到六年级时我的个头儿在班上遥遥领先。那时精神上无忧无虑，没有任何压力，别说除了上学之外没有一丁点儿课外辅导，就连学习班、补习班是什么，我和我的小伙伴们都不知道。没人被父母逼着学习钢琴、英语、绘画，即使我们大力请求，父母给的答案无非是："哪有钱哪？我哪有时间哪？学那玩艺儿有啥用？当吃当喝？"所以，我们和我们的父母都很识相，父母不给我们增加精神压力，我们不给父母增加经济压力，大家和平相处，一切顺其自然。为了养活我们，他们已经忙得不可开交，不可能有闲情逸致赔上额外的钱让我们学那些对生存没有任何帮助的课程。

　　我的父母，那时候，已经在农贸市场里扎下了根，收入完全可以供养整个家庭日常所需。我的小伙伴们的父母在南边有自己的一小块土地，种些足够一家人一年吃的口粮和蔬菜，还干什么别的活儿我就不知道了，亲戚家有什么赚钱的零工他们就做一些，之外的时间就在悠闲中度过了。这种悠闲绝非奥斯丁笔下那种英国乡村中产阶级浪漫式的悠闲：喝茶、舞会、弹琴、郊游，而是一种无所事事、毫无品味的悠闲。他们对物质享乐没有更高的要求，也不期望自己成为腰缠万贯的人物，只要全家人吃饱了不饿，不被寒冷侵袭，孩子健康成长，妻子正常衰老，父母自然死亡也就没什么可奢求的。再说了，东北那天儿，能干啥呢？啥还没干就冬天了，然后什么也别想干了，从九月份——最迟十月份至第二年四月份全是冬天，能干啥呢？除了在炕头上喝点烧酒、打打麻将、逗孩子玩会儿，还能干啥呢？有什么办法呢？一年有半年是冬天啊！其中得有四个月是冻掉下巴的严冬，不是不想干事业，问题是没法干。再说，事业在哪儿呢？忘了交待了——我刚刚数了一下手指头，我的手指头，完全够用，再加上心算——我所生活的那段时期，就是听到这首囚歌的那段时光。那是二十世纪八十年代末，那个时候，你能让东北边陲快跨出鸡头、差点就归了俄罗斯的小城里的人干什么事业呢？他们的思想被冰封了那么久，开化得很慢，而且刚一开化，冬天就来了，又被冻住了。

　　我的父母摆摊位凭劳动赚钱养家糊口，已经算我的小伙伴们的父母当中的另类了，时而，他们还会因为我的父母是做生意的瞧不起我们，在他们看来社会上的贵族阶层是端铁饭碗、吃皇粮的人和有职一族，中产阶级便是城里土生土长的农民和游手好闲的人们——别管干啥，就算什么也不干，只要是城里人都属于仅次于贵族阶层的人，下层阶级——他们认为那些生活在最底层的人就是我们这样的——从农村搬到城里的人，或者在农村混不下去，或者不愿意种地，或者没地可种，或者想到城里抢城里人的粮食的农村人。我和我的父母都在此列。鉴于我的父母秉性淳厚、为人正直、老实巴交，只知道起早贪黑地摆摊卖货，谁也不招惹，我的兄长像女孩一样温和，一天到晚不大声说话，不恃强凌弱揪女生辫子，不和野孩子打架，我虽然倔强蛮横、小自尊心极强、不容别人因我不幸的性别而歧视我，像男孩一样强势淘气，但我聪明好学、伶牙俐齿、爱憎分明、学习又好，又不打架惹事，他们在一起碰头嘀咕了半天，决定不排斥我们，可以把我们列在处于中产阶级与下层阶级之间的一类人——否则与我在一起玩会伤及他们做为城里人的尊严。于是，他们经过缜密思考之后，决定让刚搬过来的我——他们的生活的闯入者加入他们的队列成为他们的小伙伴。

　　我开心极了！还用说么？对于一个自尊心超强、从不愿意承认比任何人低等和差劲、一出生就有人人平等的人权观念的十二、三岁的孩子来说，还有什么比得到表面上比她更优越的"阶级"的认可更开心的呢？于是，我迅速融入了他们的圈子，我的小伙伴基本上都是我家的邻居，右手边的邻居——我的小伙伴之一是姚小波及她的哥哥姚大海，她的哥哥只能算是我半个玩伴，由于他比我大好几岁，而好女孩是不能跟大男孩在一起玩耍的，所以，他跟我在一起玩的次数不太多。姚大海还有哥哥，我连面也见不上，见了也不知道该叫哥哥还是叫叔叔，为了避免麻烦，相见不如不见。左手边的邻居——对不起，我想起我家左手边是一条小路，路的左边是一条小沟——河都算不上，沟的左边是一大片土地，所以，我家左边没有邻居。我家前边的邻居也有三姊妹，一个哥哥、一个姐姐和一个小妹妹。很自然，那个小妹妹李玉娥就是我的一个小伙伴，他们一家人最大特点就是黑——皮肤比一般人都黑，几乎超过我了。所以我很开心和李玉娥在一起玩，那会衬托得我白一些——不，应该是不那么黑，我自小也是以"黑"闻名。

　　李玉娥和她的哥哥黑得都像加了水的咖啡一样，用土话说就是掉在地上找不着。但是，别急，命运没那么偏心，他们都长得非常漂亮和英俊，五官端正、浓眉大眼、唇红齿白，唯一的缺点就是黑。

　　就是在那一天，我一边哼着"让我们荡起双桨"的小曲，一边捏着一个糖角吃。这个糖角是三角形，有点像粽子，但粽子是立体三角形，糖角属于平面几何，只是平面三角形，心儿里包的是红糖，用山东土话叫"糖橛子"。至于我怎么做这么高难度的动作——一边吃一边唱就不得而知了，人在童年时有许多与生俱来的特异功能和哲学思想，这些特异功能和哲学思想大都在青少年之后慢慢被扼杀掉了。啊，对了，另外，一边吃一边唱还一边蹦着走。我十五岁以前，可能还要早些，鉴于我是女孩，留点面子，再往前说点吧，十四岁以前，我从没正经走过路。我走路的形式基本采用连蹦带滚、上窜下跳、风风火火、连跑带颠儿。就是这样，没错，一点也不错，我一边吃一边唱一边蹦一边跳，往李玉娥家走去，去找她玩。不用怕我得胃病，至今为止，我的胃一直很健康，大概是小时候用这种高难度的行路方式锻炼出来的，行路难，行路难，多花样，今安然。

这时，就在这时，不是那时，就是我往李玉娥家跑的这一刻，我听到一个凄凉、沧桑、欲哭无泪的声音从她家的院子里飘出来，像是排骨炖酸菜的香气一样，一缕白色的小溪一样的声波，从她家的录音机里飘出来，绕过窗子，拐出大门，像冤鬼的魂魄一样游荡着，一下子逮住我的耳朵钻了进去。"铁门啊铁窗啊铁锁链，手扶着铁窗我望外边，外边地生活是多么美好啊，何日重返我地家园？"我愣住了，一刹那间，我立即从一个小淘气包变成了小淑女，跑跳的步子变成了走路，走路又变成了散步，我听到了他的声音，这是我第一次听到，我觉得比我唱的歌好听，它多了一种魔力，掺杂了一种味道，一些我完全不了解的东西，比如生活、罪恶、忏悔、觉醒及希望。总之，那一刻，我受到了震撼。

十八年后，我再一次听到了他的声音，我不可能再有同样的震撼，我一边夹了一颗炖得很烂的笋放入口中，但他使我想起他十八年前带给那个小女孩的奇妙感觉，并让我想起我的那段生活。那段快被遗忘了的时光昨天像他的歌声突然传入我的细小的耳朵中时一样，突然出现在我眼前，钻入我的意识中，提醒我，虽在江南，不要忘记东北，虽在杭州，不要忘记蜂城。虽然有了太多的新歌手，不要忘记那些曾带给你某种触动的人，虽然拥有了完全迥异的新生活，别忘记这一切是如何得来的。

四季长安

文 / 党晨阳

海南的四季，平和宜人；哈尔滨的四季，冷暖多变；昆明的四季，温暖如春；而西安的四季，分明却不唐突。

古城·春晓

"春城无处不飞花，寒食东风御柳斜。"轻抚天街小雨后破土而出的嫩草繁花，倾听护城河一江春水破冰的声音，远眺南山的"山如碧绿簪"，端详杨柳在灞河的柔波里梳洗着柳枝新芽，仿佛与流水暗通款曲。一枝桃花在古城墙边盛开，把古城墙装扮得花枝招展，为古城盎然了春意。

大雁塔广场上的人们多了起来，就连老年人也扭着腰肢跳起舞，孩子们追着，笑着，飞扬的风筝在天上守护着孩子们，和他们一起追着，笑着，追逐着他们的童年……

雁塔见证古城的春晓。

古城·夏深

"连雨不知春去，一晴方觉夏深。"太阳炙烤着七月的古城，古城人

往往会选择"钻山",他们自称"驴友",迫不及待地投入秦岭的怀抱,像一个个渴望得到母亲爱抚的孩子。秦岭也正像一位伟大无私的母亲,伸出臂膀,以满山的苍松翠柏、清流急湍,拂去都市人的一身疲惫,平复他们的浮躁之心,给他们安慰与激励。

若不回归自然,也未尝不可,你大可漫步于古城的巷陌,肆意找寻几个路牌,它们收藏着古城昨日遗失的风景。累了,找家小店坐下,凉皮、枣糕、冰峰汽水……老板娘的拿手绝活,你怎么也品尝不尽。长安这座被风雨浸润了千年的古城,生长着无尽的诗意与闲情。

骄阳作别古城的夏日。

古城·秋韵

"空山新雨后,天气晚来秋。"一场豪雨,就在你的梦中悄悄来临了。她像一位勤劳的田螺姑娘,一夜间蹑足洗刷干净了古城,清扫了每一条布满泥尘的马路,滋润了每一片即将枯死的叶子,当人们第二天呼吸着新鲜的空气时,她早已不辞而别。

俯瞰三秦大地,一派繁忙的丰收景象,秋色染红了陕北的大红枣,染红了洛川的苹果,染红了临潼的火晶柿,染红了富平的花椒,也染红了西安的枫叶。三秦儿女喜悦的笑脸,浮生绘成一幅"秋日融融"的丰收画卷。

秋雨酿造古城的秋韵。

古城·冬至

"忽如一夜春风来,千树万树梨花开。"凛冽的寒风刚至,晶莹的雪花也来拜访古城了,她停留在闲逸的曲江流饮,她留连在苍凉的古道西风,她停歇在黄土高原的千沟万壑,她翩迁在华山的千仞悬崖……于是,凡她所驻足之处——银装素裹。

古城的人们此时会聚集在老字号的店里,喝一碗浓浓的稠酒,悠闲地泡着泡馍,其实他们心中早已按捺不住内心的冲动了,你且看那大小不一的泡馍便可知晓了。受尽一番等着、盼着的折磨后,他们终于肯放下自己的架子,不顾温文尔雅的形象,酣畅淋漓地品尝这古城的饕餮盛宴了。

陕味温暖古城的隆冬。

眷写不尽的,是长安的四季。

古都西安以她精湛的琴技为来到这里的每一个人奏响了一曲美妙动人的四季之歌。

中国十大传世名帖

摘编 / 柏文

汉字书法为汉族独创的表现艺术,被誉为:无言的诗,无行的舞,无图的画,无声的乐。书法最能体现出个人修养、个性魅力和时代精神。

中国传世书法名帖,千百年来几经沧桑流转。通过那些各具特色的名字题跋和历代印记,使我们真切地感受到它们极富传奇的身世与经历。这些历代的收藏家、鉴赏家留下的迹痕,经过岁月的洗礼,已经和作品本身融为一体。

1.《三希宝帖》(王羲之《快雪时晴帖》、王献之《中秋帖》、王珣《伯远帖》)

1746年,乾隆帝得到《伯远帖》后,将其与《快雪时晴帖》、《中秋帖》并藏于养心殿,合称为"三希宝帖",并御书"三希堂"匾额。《三希宝帖》是现存最早的晋人书法真迹,被历代学书之人奉为圭臬。《三希宝帖》现分藏于两岸故宫博物院内,且分别为"两院""十大国宝"之首。

2.王羲之《兰亭序》(天下第一行书)

兰亭序,又名《兰亭宴集序》《兰亭集序》《临河序》《禊序》《禊贴》。为三大行书书法帖之一,系中华十大传世名帖之一。古人称王羲之的行草如"清风出袖,明月入怀",堪称绝妙的比喻。

3. 颜真卿《祭侄文稿》（天下第二行书）

颜真卿为琅琊氏后裔，家学渊博，六世祖颜之推是北齐著名学者，著有《颜氏家训》。颜真卿少时家贫缺纸笔，用笔醮黄土水在墙上练字。初学褚遂良，后师从张旭得笔法，又汲取初唐四家特点，兼收篆隶和北魏笔意，完成了雄健、宽博的颜体楷书的创作，树立了唐代的楷书典范。

4. 苏轼《黄州寒食帖》（天下第三行书）

《黄州寒食诗帖》苏轼撰诗并书，墨迹素笺本，横34.2厘米，纵18.9厘米，行书十七行，129字。无款及年月，实际上写于宋神宗元丰五年（1082年），那时苏轼因宋朝最大的文字狱"乌台诗案"受新党排斥，贬谪黄州团练副使，在精神上感到寂寞，郁郁不得志，生活上穷愁潦倒，在被贬黄州第三年的寒食节作了二首五言诗。现藏台北故宫博物院。

5. 欧阳询《仲尼梦奠帖》（中华第一楷书）

欧阳询传世的书法作品，以楷书碑刻为主，其行书墨迹却极为希少，不易见到。他的一幅行书《仲尼梦奠帖》卷，是现传世下来的欧书惟一真迹，十分珍贵。

6. 怀素《自叙帖》（中华第一草书）

《自叙帖》纸本，纵28.3厘米，横775厘米；126行，共698字。帖前有李东阳篆书引首"藏真自叙"字。台湾故宫博物院藏。

这件被认为是怀素晚年代表作的草书，通篇为狂草，笔笔中锋，如锥划沙盘，纵横斜直无往不收；上下呼应如急风骤雨，可以想见作者操觚之时，心手相师，豪情勃发，一气贯之的情景。明代安岐谓此帖："墨气纸色精彩动人，其中纵横变化发于毫端，奥妙绝伦有不可形容之势。"

7. 米芾《蜀素帖》（中华第一美帖）

米芾《蜀素帖》，亦称《拟古诗帖》，被后人誉为中华第一美帖，系中华十大传世名帖之一。墨迹绢本，行书。纵29.7厘米，横284.3厘米；书于宋哲宗元佑三年（1088），米芾三十八岁时，共书自作各体诗八首，计71行658字，署黻款。

8. 徽宗赵佶《草书千字文》（天下一人绝世墨宝）

北宋徽宗赵佶，政治上无能，但在艺术成就上，尤其是书画上造诣极深，堪称历代帝王第一。其瘦金体可称天下一绝。《千字文》是我国六朝以来盛行最久的一种字书，用以教授学童，是读书识字的启蒙读物。

9. 赵子昂（元代书法宗师楷书奇珍）

赵子昂，号松雪，又号水精宫道人，浙江吴兴人，为宋皇室赵德芳的后代。赵孟頫说猎十三年应选入朝，一生为官，逝后追封魏国公，谥文敏。

赵子昂作为开宗立派的人物，虞集谓之"楷法探《洛神赋》而揽其标，行书谐《圣教序》而入其室，至于草书饱《十七帖》而变其形"。同时对篆、隶、章草等赵子昂皆苦心研习，晚年又着力李北海，因此深厚的传统积淀成就了赵体的辉煌。

10. 祝允明《草书诗帖》（明代奇才草书绝品）

《草书诗帖》，被誉为明代奇才草书绝品，系中华十大传世名帖之一。明祝允明所作。现藏台北故宫博物院，纸本，纵36.1厘米，横1147.5厘米，书曹植《乐府》四首，是祝允明的代表作品。

中国历代文人的十大名句欣赏

摘编 / 舒俊

孔子的十大经典名言：

1. 有朋自远方来，不亦乐乎。
2. 四海之内皆兄弟也。
3. 己所不欲，勿施于人。
4. 己欲立而立人，己欲达而达人。
5. 德不孤，必有邻。
6. 礼之用，和为贵。
7. 三人行，必有我师焉，择其善者而从之，其不善者而改之。
8. 人无远虑，必有近忧。
9. 知者不惑，仁者不忧，勇者不惧。
10. 三军可夺帅也，匹夫不可夺志也。

老子的十大经典名言：

道可道，非常道。名可名，非常名。无名天地之始；有名万物之母。

有无相生，难易相成，长短相形，高下相盈，音声相和，前后相随。恒也。

治大国，若烹小鲜。

祸兮福所倚，福兮祸之所伏。

天下难事，必作于易，天下大事，必作于细。

人法地，地法天，天法道，道法自然。

上善若水。水善利万物而不争，处众人之所恶，故几于道。

道生一，一生二，二生三，三生万物。万物负阴而抱阳，冲气以为和。

祸莫大于不知足；咎莫大于欲得。故知足之足，常足矣。

知人者智，自知者明。胜人者有力，自胜者强。

李白的十大经典名句：

1. 最大气悲凉的景色描写：黄河之水天上来，奔流到海不复回。

2. 自信的诗句：天生我材必有用，千金散尽还复来。

3. 最狂傲不羁的诗句：仰天大笑出门去，我辈岂是蓬蒿人。

4. 最无奈的诗句：大道入青天，我独不复出。

5. 最脍炙人口的诗句：抽刀断水水更流，举杯销愁愁更愁。

6. 最为经典成语的诗句：一夫当关，万夫莫开。

7. 最细腻的景物描写：云青青兮欲雨，水澹澹兮生烟。

8. 最惊心动魄的诗句：飞流直下三千尺，疑是银河落九天。

9. 最催人泪下的诗句：令人惭漂母，三谢不能餐。

10. 最熟悉最经典的诗句：床前明月光，疑是地上霜。举头望明月，低头思故乡。

杜甫的十大经典名句：

1. 会当凌绝顶，一览众山小。《望岳》

2. 读书破万卷，下笔如有神。《奉赠韦左丞丈二十二韵》

3. 朱门九肉臭,路有冻死骨。《自京赴奉先县咏怀五百字》

4. 尔曹身与名俱灭,不废江河万古流。《戏为六绝句》

5. 出师未捷身先死,长使英雄泪满巾。《蜀相》

6. 安得广厦千万间,大庇天下寒士俱欢颜,风雨不动安如山。《茅屋为秋风所破歌》

7. 丹青不知老将至,富贵于我如浮云。《丹青引赠曹将军霸》

8. 挽弓当挽强,用剑当用长。射人先射马,擒贼先擒王。《前出塞九首》

9. 文章千古事,得失寸心知。《偶题》

10. 两个黄鹂鸣翠柳,一行白鹭上青天。《绝句四首(其三)》

苏轼的十大经典名句：

1. 竹外桃花三两枝，春江水暖鸭先知。
2. 欲把西湖比西子，淡妆浓抹总相宜。
3. 大江东去，浪淘尽，千古风流人物。
4. 横看成岭侧成峰，远近高低各不同，不识庐山真面目，只缘身在此山中。
5. 明月几时有，把酒问青天。
6. 但愿人长久，千里共婵娟。
7. 旧书不厌百回读，熟读深思子自知。
8. 一点浩然气，千里快哉风。
9. 枝上柳棉吹又少，天涯何处无芳草。
10. 笑渐不闻声渐悄，多情却被无情恼。

王安石的十大经典名句：

1. 不畏浮云遮望眼，只缘身在最高层。《登飞来峰》
2. 春风又绿江南岸，明月何时照我还。《泊船瓜州》
3. 千门万户曈曈日，总把新桃换旧符。《元日》
4. 看似寻常最奇崛，成如容易却艰辛。《题张司业诗》
5. 遥知不是雪，为有暗香来。《梅花》
6. 一水护田将绿绕，两山排闼送青来。《书湖阴先生壁二首》其一
7. 浓绿万枝红一点，动人春色不须多。《咏石榴花》
8. 折得一枝香在手，人间应未有。《甘露歌》
9. 自古驱民在诚信，一言为重百金轻。《商鞅》
10. 细数落花因坐久，缓寻芳草得归迟。《北山》

陆游的十大经典名句:

1. 纸上得来终觉浅,绝知此事要躬行。《冬夜读书示子聿》
2. 王师北定中原日,家祭无忘告乃翁。《示儿》
3. 山重水复疑无路,柳暗花明又一村。《游山西村》
4. 夜阑卧听风吹雨,铁马冰河入梦来。《十一月四日风雨大作》
5. 文章本天成,妙手偶得之。《文章》
6. 小楼一夜听春雨,深巷明朝卖杏花。《临安春雨初霁》
7. 天机云锦用在我,剪裁妙处非刀尺。《九月一日,读诗稿有感,走笔作歌》
8. 塞上长城空自许,镜中衰鬓已先斑。《书愤》
9. 平生铁石心,忘家思报国。《太息·宿青山铺作》
10. 位卑未敢忘忧国,事定犹须待阖棺。《病起书怀》

李清照的十大经典名句:

1. 生当作人杰,死亦为鬼雄。《夏日绝句》
2. 物是人非事事休,欲语泪先流。《五陵春》
3. 寻寻觅觅,冷冷清清,凄凄惨惨戚戚。《声声慢》
4. 不如随分尊前醉,莫负东篱菊蕊黄。《鹧鸪天》
5. 花自飘零水自流,一种相思,两处闲愁。《如梦令》
6. 只恐双溪舴艋舟,载不动许多愁。《武陵春》
7. 此情无计可消除,才下眉头,却上心头。《一剪梅》
8. 莫道不销魂,帘卷西风,人比黄花瘦。《醉花阴》
9. 知否,知否,应是绿肥红瘦。(《如梦令》)
10. 新来瘦,非干病酒,不是悲秋。《凤凰台上忆吹箫》

曹雪芹的十大经典名句：

1. 假作真时真亦假，无为有处有还无。
2. 机关算尽太聪明，反算了卿卿性命。
3. 心病终须心药治，解铃还是系铃人。
4. 万两黄金容易得，知心一个也难求。
5. 其静若何？红梅绽雪开辟鸿蒙，谁为情种？都只为风月情浓。
6. 世事洞察皆学问，人情练达即文章。
7. 满纸荒唐言，一把辛酸泪。都云作者痴，谁解其中味。
8. 孤标傲世偕谁隐，一样花开为底迟。
9. 百足之虫，死而不僵。
10. 偷来梨蕊三分白，借得梅花一缕魂。

毛泽东的十大经典名句：

1. 一万年太久，只争朝夕。《满江红·和郭沫若同志》
2. 牢骚太盛防肠断，风物长宜放眼量。《七律·和柳亚子先生》
3. 雄关漫道真如铁，而今迈步从头越。《忆秦娥·娄山关》
4. 独有英雄驱虎豹，更无豪杰怕熊罴。《七律·冬云》
5. 为有牺牲多壮志，敢教日月换新天。《七律·到韶山》
6. 今日长缨在手，何时缚住苍龙。《清平乐·六盘山》
7. 踏遍青山人未老，风景这边独好。《清平乐·会昌》
8. 数风流人物，还看今朝。《沁园春·雪》
9. 红军不怕远征难，万水千山只等闲。《七律·长征》
10. 江山如此多娇，引无数英雄竞折腰。《沁园春·雪》

中国历代家训集锦

摘编 / 文生

一、养子须教子

★ 须知孺子可教,勿谓童子何知。(《增广贤文》)

★ 养不教,父之过。(《三字经》)

★ 养子不教如养驴,养女不教如养猪。(《增广贤文》)

★ 富若不教子,钱谷必消亡;贵若不教子,衣冠受不长。(《增广贤文》)

★ 居家务期质朴,教子要有义方。(《增广贤文》)

★ 能师孟母三迁教,定卜燕山五桂芳。(《增广贤文》)

★ 训子须从胎教始,端蒙必自小学初。(《增广贤文》)

★ 人品须从小作起,权宜苟且诡随之意多,则一生人品坏矣。(家诫要言)

★ 立身作家读书,俱要有绳墨规矩,循之则终生无悔无尤。(家诫要言)

★ 儿小任情骄惯,大来负了亲心。(《小儿语》)

★ 凡好何须父业,儿若不肖空积。(续小儿语)

★ 要求子顺,先孝爷娘。(续小儿语)

★ 心术不可得罪于天地,言行要留好样与儿孙。(《增广贤文》)

★ 国清才子贵,家富小儿娇。(《增广贤文》)

★ 事亲须当养志，爱子勿令偷安。(《增广贤文》)

★ 儿孙自有儿孙福，莫与儿孙作牛马。(《增广贤文》)

★ 但愿为读书明理之君子。(《曾国藩家书》)

★ 凡世家子弟，衣食起居，无一不与寒士相同，庶可以成大器；若沾染富贵习气，则难望有成。(《曾国藩家中》)

二、仁爱

★ 百善孝为先。(《赠广贤文》)

★ 孝当竭力，非徒养生。鸦有反哺之孝，羊知跪乳之恩。(《增广贤文》)

★ 重资财，薄父母，不成人子。(治文贤文)

★ 毋令长者疑，毋使父母怒。(家诫要言)

★ 当少壮时，须体念衰老的酸辛。(《增广贤文》)

★ 乡党和而争讼息，夫妇和而家道兴。(《增广贤文》)

★ 早把甘旨勤奉养，夕阳光景不多时。(《增广贤文》)

★ 妻贤夫祸少，子孝父心宽。(《增广贤文》)

★ 尊师而重道，爱众而亲仁。(《增广贤文》)

★ 孤寡极可念者，须勉力周恤。(家诫要言)

★ 处富贵地，要矜怜贫贱的痛痒。(《增广贤文》)

★ 宁可人负我，切莫我负人。(《增广贤文》)

★ 肝肠煦若春风，虽囊乏一文，还怜茕独。(《增广贤文》)

★ 责己之心责人，爱己之心爱人。(《增广贤文》)

★ 与肩挑贸易，毋占便宜；见贫苦亲邻，须加温恤。(冶家格言)

★ 美不美，乡中水；亲不亲，故乡人。(《增广贤文》)

★ 割不断的亲，离不开的邻。(《增广贤文》)

★ 远山难救近火，远亲不如近邻。(《增广贤文》)

★ 泯躯而济国。（颜氏家训）

★ 祖国如有难，汝应作前锋。（陈毅《示儿女》诗）

三、正直清廉

★ 见富贵而生谄容者最可耻，遇贫穷而作骄态者贱莫甚。（治家格言）

★ 官长之前，止可将敬，不可逐膻。（家诫要言）

★ 随时莫起趋时念，脱俗休存矫俗心。（《增广贤文》）

★ 气骨清如秋水，纵家徒四壁，终傲王公。（《增广贤文》）

★ 事业文章，随身消毁，而精神万古不灭；功名富贵，逐世转移，而气节千载如斯。（《增广贤文》）

★ 勿恃势力而凌逼孤寡，毋贪口福而姿杀生禽。（治家格言）

★ 千里不欺孤，独木不成林。（《增广贤文》）

★ 毋为财货迷。（家诫要言）

★ 立身无愧，何愁鼠辈。（家诫要言）

★ 勿贪意外之财，勿饮过量之酒。（家诫要言）

★ 俭以养廉。（家诫要言）

★ 钱财如粪土，仁义值于金。（《增广贤文》）

★ 丈夫一生，廉耻为重。（续小儿语）

★ 富贵是无情之物，你看得他重，他害你越大。（《增广贤文》）

四、诚实可信

★ 许人一物，千金不移。（《增广贤文》）

★ 一言既出，驷马难追。（《增广贤文》）

★ 心口如一，童叟无欺。（《增广贤文》）

★ 人而无信，百事皆虚。（《增广贤文》）

五、俭朴

★ 一粥一饭，当思来之不易；半丝半缕，恒念物力维艰。（治家格言）

★ 自奉必须俭约，宴客切勿流连。（治家格言）

★ 器具质而洁，瓦缶胜金玉。（治家格言）

★ 饮食约而精，园蔬愈珍馐。（治家格言）

★ 治家舍节俭，别无可经营。（家诫要言）

★ 志从肥甘丧，心以淡泊明。（《增广贤文》）

★ 常将有日思无日，莫待无时想有时。（《增广贤文》）

★ 由俭入奢易，由奢入俭难。（《增广贤文》）

六、立志

★ 不要空言无事事，不要近视无远谋。（陈毅《示儿女》诗）

★ 应知重理想，更为世界谋。（陈毅《示儿女》诗）

七、勤学

★ 多读书达观古今，可以免忧。（家诫要言）

★ 应知学问难，在乎点滴勤。（陈毅《示儿女》诗）

★ 读书须用意，一字值千金。（《增广贤文》）

★ 良田百亩，不如薄技随身。（《增广贤文》）

★ 读少则身暇，身暇则邪间，邪间则过恶作焉，忧患及之。（家诫要言）

★ 宜未雨而绸缪，勿临渴而掘井。（治家格言）

★ 少壮不努力，老大徒伤悲。（《增广贤文》）

八、惜时

★ 一年之计在于春，一日之计在于晨。(《增广贤文》)

★ 莺花犹怕风光老，岂可教人枉度春。(《增广贤文》)

★ 莫道君行早，更有早行人。(《增广贤文》)

★ 百年容易过，青春不再来。(《增广贤文》)

★ 一头白发催将去，万两黄金买不回。(《增广贤文》)

★ 枯木逢春犹再发，人无两度再少年。(《增广贤文》)

★ 光阴似箭，日月如梭。(《增广贤文》)

九、勤劳进取

★ 黎明即起，洒扫庭除。(治家格言)

★ 真心实作，无不可图之功。(家诫要言)

★ 颓惰自甘，家道难成。(治家格言)

★ 江中后浪推前浪，世上新人赶旧人。(《增广贤文》)

十、修养

★ 乖僻自是，悔误必多。(治家格言)

★ 轻听发言，安知非人之谮诉，当忍耐三思；因事相争，焉知非我之不是，需平心暗想。(治家格言)

★ 施恩无念，受恩莫忘。(治家格言)

★ 凡事当留余地，得意不宜再往。(治家格言)

★ 人有喜庆，不可生妒忌心；人有祸患，不可生喜幸心。(治家格言)

★ 善欲人知，不是真善，恶恐人知，便是大恶。(治家格言)

★ 匿怨而用暗箭，祸延子孙。(治家铭言)

★ 知有己不知有人，闻人过不闻己过，此祸本也。故自私之念，萌则铲之，谗谀之徒至则却之。（家诫要言）

★ 才能知耻，即是上进。（家诫要言）

★ 器量须大，心境须宽。（家诫要言）

★ 待人要宽和，世事要练达。（家诫要言）

★ 恶不在大，心术一坏，即入祸门。（家诫要言）

★ 一念不慎，坏败身家有余。（家诫要言）

★ 每事宽一分即积一分之福。（家诫要言）

★ 人悔不要埋怨，人羞不要数说。人极不要跟寻，人愁不可喜悦。（续小儿语）

★ 毋私小惠而伤大体，毋借公论而快私情。（《增文贤文》）

★ 毋以己长而形人之短，毋因己拙而忌人之能。（《增文贤文》）

★ 仗势凌人，势败人凌我；穷巷追狗，巷穷狗咬人。（《增文贤文》）

★ 不自恃而露才，不轻试而幸功。（《增文贤文》）

★ 静坐常思己过，闲谈莫论人非。（《增文贤文》）

★ 得意盎然，失意泰然。（《增文贤文》）

★ 驭横切莫逞气，遇谤还要自修。（《增文贤文》）

★ 以直报怨，以义解仇。（《增文贤文》）

★ 贪爱沉溺是苦海，利欲炽燃是火坑。（《增文贤文》）

★ 平生不作皱眉事，世上应无切齿人。（《增文贤文》）

★ 饶人不是痴汉，痴汉不会饶人。（《增文贤文》）

★ 毋因群疑而阻独见，毋任己意而废人言。（《增文贤文》）

★ 幸名无德非佳兆，乱世多财是祸根。（《增文贤文》）

古今称谓大全

摘编/陈梦生

直称姓名

直称姓名大致有三种情况：

（1）自称姓名或名。如"五步之内，相如请得以颈血溅大王矣"，"庐陵文天祥自序其诗"。

（2）用于介绍或作传。如"遂与鲁肃俱诣孙权"，"柳敬亭者，扬之泰州人"。

（3）称所厌恶、所轻视的人。如"不幸吕师孟构恶于前，贾余庆献谄于后"。

称字

古人幼时命名，成年（男20岁、女15岁）取字，字和名有意义上的联系。字是为了便于他人称谓，对平辈或尊辈称字出于礼貌和尊敬。如称屈平为屈原，司马迁为司马子长，陶渊明为陶元亮，李白为李太白，杜甫为杜子美，韩愈为韩退之，柳宗元为柳子厚，欧阳修为欧阳永叔，司马光为司马君实，苏轼为苏子瞻，苏辙为苏子由等。

称号

号又叫别号、表号。名、字与号的根本区别是：前者由父亲或尊长取定，后者由自己取定。号，一般只用于自称，以显示某种志趣或抒发某种情感；对人称号也是一种敬称。如：陶潜号五柳先生，李白号青莲居士，杜甫号少陵野老，白居易号香山居士，李商隐号玉溪生，贺知章晚年自号四明狂客，欧阳修号醉翁、晚年又号六一居士，王安石晚年号半山，苏轼号东坡居士，陆游号放翁，文天祥号文山，辛弃疾号稼轩。

称谥号

古代王侯将相、高级官吏、著名文士等死后被追加的称号叫谥号。如称陶渊明为靖节征士，欧阳修为欧阳文忠公，王安石为王文公，范仲淹为范文正公，王翱为王忠肃公，左光斗为左忠毅公，史可法为史忠烈公，林则徐为林文忠公。而称奸臣秦桧为"缪丑"则是一种"恶谥"。

称斋名

指用斋号或室号来称呼。如南宋诗人杨万里的斋名为诚斋，人们称其为杨诚斋；姚鼐因斋名为惜抱轩而被称为姚惜抱、惜抱先生。再如称蒲松龄为聊斋先生，梁启超为饮冰室主人，谭嗣同为谭壮飞（其斋名为壮飞楼）。

称籍贯

如唐代诗人孟浩然是襄阳人，故而人称孟襄阳；张九龄是曲江人，故而人称张曲江；柳宗元是河东（今山西永济）人，故而人称柳河东；北宋王安石是江西临川人，故而人称王临川。

称郡望

韩愈虽系河内河阳（今河南孟县）人，但因昌黎（今辽宁义县）韩氏为唐代望族，故韩愈常以"昌黎韩愈"自称，世人遂称其为韩昌黎。再如苏轼本是四川眉州人，可他有时自己戏称"赵郡苏轼""苏赵郡"，就因为苏氏是赵郡的望族。

称官名

如孙权因曾被授讨虏将军的官职，故称"孙讨虏聪明仁惠""孙讨虏"。东晋大书法家王羲之官至右军将军，至今人们还称其王右军；王维曾任尚书右丞，世称王右丞；杜甫曾任左拾遗，故而被称为杜拾遗，又因任过检校工部员外郎，故又被称为杜工部；刘禹锡曾任太子宾客，被称为刘宾客；柳永曾任屯田员外郎，被称为柳屯田；苏轼曾任端明殿翰林学士，被称为苏学士。

称爵名

如诸葛亮曾封爵武乡侯，所以后人以武侯相称；南北朝诗人谢灵运袭其祖谢玄的爵号康乐公，故世称谢康乐；唐初名相魏征曾封爵郑国公，故世称魏郑公；名将郭子仪在平定"安史之乱"中因功封爵汾阳郡王，世称郭汾阳；大书法家褚遂良封爵河南郡公，世称褚河南；北宋王安石封爵荆国公，世称王荆公；司马光曾封爵温国公，世称司马温公；明初朱元璋的大臣刘基封爵诚意伯，人们以诚意伯相称。

称官地

称官地指用任官之地的地名来称呼。如因刘备曾任豫州刺史，故《赤壁之战》以官地称之："豫州今欲何至？"再如贾谊曾贬为长沙王太傅，世称贾长沙；"建安七子"之一的孔融曾任北海相，世称孔北海；陶渊明曾任彭泽县令，世称陶彭泽；骆宾王曾任临海县丞，世称骆临海；岑参曾任嘉州刺史，世称岑嘉州；韦应物曾任苏州刺史，世称韦苏州；柳宗元曾任柳州刺史，世称柳柳州；贾岛曾任长江县主簿，世称贾长江，他的诗集就叫《长江集》。

兼称

如《游褒禅山记》"四人者，庐陵萧君圭君玉，长乐王回深父，余弟安国平父、安上纯父"，前两人兼称籍贯、姓名及字，后两人先写与作者关系，再称名和字；《五人墓碑记》"贤士大夫者，冏卿因之吴公，太史文起文公，孟长姚公也"，前两人兼称官职、字和姓，后一人称字和姓；《梅花岭记》"督相史忠烈公知势不可为"，兼称官职与谥号，"马副使鸣騄、任太守民育及诸将刘都督肇基等皆死"，兼称姓、官职和名；《促织》"余在史馆，闻翰林天台陶先生言博鸡者事"，兼称官职、籍贯和尊称。

谦称

（1）表示谦逊的态度，用于自称。愚，谦称自己不聪明。鄙，谦称自己学识浅薄。敝，谦称自己或自己的事物不好。卑，谦称自己身份低微。窃，有私下、私自之意，使用它常有冒失、唐突的含义在内。臣，谦称自己不如对方的身份地位高。仆，谦称自己是对方的仆人，使用它含有为对方效劳之意。

（2）古代帝王的自谦词有孤（小国之君）、寡（少德之人）、不谷（不善）。

（3）古代官吏的自谦词有下官、末官、小吏等。

（4）读书人的自谦词有小生、晚生、晚学等，表示自己是新学后辈；

如果自谦为不才、不佞、不肖,则表示自己没有才能或才能平庸。

(5)古人称自己一方的亲属朋友时,常用"家""舍"等谦词。"家"是对别人称自己的辈分高或年纪大的亲属时用的谦词,如家父、家母、家兄等。"舍"用以谦称自己的家或自己的卑幼亲属,前者如寒舍、敝舍,后者如舍弟、舍妹、舍侄等。

(6)其他自谦词有:因为古人坐席时尊长者在上,所以晚辈或地位低的人谦称在下;小可是有一定身份的人的自谦,意思是自己很平常、不足挂齿;小子是子弟晚辈对父兄尊长的自称;老人自谦时用老朽、老夫、老汉、老拙等;女子自称妾;老和尚自称老衲;对别国称自己的国君为寡君。

一次成功就足以改变人生

摘编 / 沙沙

以下是一个人一生的简历：

5岁时，他父亲就去世了。

14岁时，他从学校辍学，开始流浪生活。

16岁时，他参了军，而军旅生活也是处处不顺心。

18岁时，他娶了个媳妇，可只过了几个月媳妇就变卖了他所有的财产逃回娘家。

他曾通过函授学习法律，可不久又放弃了。

后来，他卖过保险、卖过轮胎，还经营过一条渡船，开过一家加油站，但都失败了。

人到中年，他成了一家餐馆的主厨，可因政府修公路而拆了那家餐馆，他又失业了。

60岁时，他在一条旧公路旁开餐厅，后来新公路建成后车子不经过这里，他只好把餐厅关了。

65岁那年，邮递员送来他的第一份社会保险支票，他用这105美元保险金创办了一份自己崭新的事业。

88岁高龄时，他的事业终于大获成功。

他就是肯德基的创始人——哈伦德山德士。在人生的尝试中，有的人可能会遭到千百次的失败。哈伦德经过1009次的尝试，终于有人愿意投资，才创立了世界著名的快餐公司。而且他还是在大家认为没有希望的年龄才开始了他的新事业。尽管人生成功的概率太小，但哈伦德永不放弃尝试，终于得到了一次成功。生活中许多人巴不得拥有成千上万次的机会而一次失败就可能一蹶不振。事实上人生哪怕失败上千次，只要有一次成功就够了。

失败之后的机会或许会更好

摘编 / 王沙桐

写《哈利·波特》的J.K.罗琳出生在英国一个贫穷的家庭。大学毕业后她只身去葡萄牙寻求发展,不久便与当地一个电台的记者结婚。

然而在孩子刚出生三个月的时候,丈夫却离开了她,而为了生孩子,她也早已辞工。在没有任何经济来源的情况下,J.K.罗琳只好带着孩子回到英国。

在英国,J.K.罗琳一直处于失业状态,只能靠微薄的失业救济金养活自己和女儿。极度的穷困潦倒令单身妈妈陷入沮丧绝望之中,心情抑郁的J.K.罗琳多次想到自杀。但为了无助的女儿,J.K.罗琳最终还是坚强地活了下来。

J.K.罗琳决定到家庭医生那儿接受认知行为治疗,这一治疗方法是通过一系列的心理咨询让病人控制自己的消极想法。有一次,由于罗琳的指定家庭医生当时正好外出度假,当罗琳去诊所看病时,另一名顶替上班的医生却对她说:"如果你的情绪有点低落,那么就和我的实习护士聊天好了,不要找我。"听了这话,J.K.罗琳没有勇气再去诊所。

幸运的是,两周后,她经常看病的那位医生回来了,医生立即打电话给她,并为她进行了心理咨询,鼓励她坚持朝写作方面发展。那位医生救了她,让她有勇气度过那段艰难的时光。

从此,J.K.罗琳每天都把女儿杰西卡放在婴儿车里推着散步,试着让她早点睡着。女儿一睡着，她就迅速推着她走进一家叫尼克尔森的咖啡馆，叫上一杯咖啡，然后赶紧开始写作。因为她妹夫是这家咖啡馆的合伙人，所以尽管她常常只买最少的食物或饮料，而待上很长的一段时间，也不会有人去打扰她。

在写作时间之外，为了补贴家用，她有时候会做多份兼职的文秘工作。

5年后，J.K.罗琳终于完成了这本书。书稿的完成后，从未出版过书的罗琳不知道要把书稿寄给谁，后来她就试着寄给了几家出版社和经纪人，但不久她就收到了退稿。为了联系到更多的出版社，J.K.罗琳到图书馆翻阅《作家和艺术家年鉴》，在众多的名字中，仅凭喜欢"里特"（Little）这个充满童趣又可爱的姓，她就决定将本书的前三章稿子寄给经理人克里斯托弗·里特（Christopher Little）。

很快，可爱的里特先生回复了"一生中最棒的信"，内容非常简单"谢谢你，我们想看到手稿其余的部分，并保证绝不会泄露。"

对于一篇儿童读物来说，一般是4万字左右，而她写的这篇稿子足足有9万字，显然是太长了。为了使字数看起来少些，罗琳使用了掩耳盗铃的方式——用单倍行距打印。

随后，里特先生花了一年时间才找到布鲁斯伯瑞出版社（Bloomsbury）同意出版这本书。

1997年6月26日，这本在英国名为《哈利·波特与智慧石》的小说出版了。书刚一出版时，并未引起很大的轰动。但三天后，转机出现。罗琳接到了代理商的电话，告知她书的版权正在美国拍卖，美国一家出版社对这本书很感兴趣。其后，这家出版社以破天荒的10.5万美元的高价买下了这本书在美国的出版权。

很快，罗琳在1998年夏天出版了《哈利·波特与密室》；1999年10月推出了第三部《哈利·波特与阿兹卡班的囚徒》；2000年7月推出了第四部《哈利·波特与火焰杯》；2003年6月推出了第五部《哈利·波特与凤凰社》；2005年7月推出了第六部《哈利·波特与混血王子》，2007年7月推出终结篇《哈利波特与死圣》，销售势头一次高过一次，形成了越来越猛烈的"哈利·波特"飓风，被视为出版界的一个奇迹，而"哈利·波特现象"也成为众多专家学者热烈讨论的话题。

与此同时，身价骤增的罗琳，容貌似乎也越变越漂亮，昔日看上去很普通的一张面孔如今却成了性感妩媚的代名词，这真的是人逢喜事精神爽，连带的面容也变得容光焕发了。很多人都开始怀疑罗琳是否在出名之后做了整容手术，因为42岁的她现在比7年前还漂亮年轻，她额头上和眼角的皱纹都不见了，曾经有些松弛的肌肤也重新有了弹性，整张脸的生动指数也增加了不少，看来事业上的成功的确可以让人变得精神焕发。

如今，《哈利·波特》系列小说已在全球售出四亿多册，J.K.罗琳也因此成为比英国女王还要富的富人。

由此可见，在人生的任何时间，都不要怕重头再来，每一个看似低的起点，往往都是通往更高峰的必经之路。

大器晚成的崔林

摘编 / 毕文文

东汉末年，名士崔琰在河北袁绍处当门客。

"官渡之战"曹操大败袁绍，崔琰被曹操所俘获。曹操看他是位人才，便把他留在自己身边任职。

曹军几次狠狠地打击前来侵犯的匈奴人，最后匈奴派使臣向曹操求和，并送来大量贡礼。匈奴使臣回国前，要求曹操接见他，并说："久仰魏王武功赫赫、攻无不克、战无不胜，想来形貌一定威严，愿意一睹风采。"

曹操听了手下的报告，觉得匈奴使臣的要求合理，不好拒绝，便让有关人员安排会见的时间。会见前，曹操觉得自己的个头太小，不够威武，很难令外国使臣敬畏，便让相貌俊雅的崔琰假扮自己接见匈奴使臣，自己则扮作贴身卫士，手扶配刀，站在一旁。

会见结束后，曹操派人向匈奴使臣询问对曹操的印象，匈奴使臣说："魏王长相风流文雅，气度宽宏。但他身边手扶佩刀的卫士却很威严，令人望而生畏，有帝王之相。"

曹操听了匈奴使臣的评价，觉得此人很有眼力。

实际上，崔琰不仅长得相貌堂堂，举止不俗，分析事物合情合理，而且知人善任，爱惜人才。崔琰有个堂弟叫崔林。崔林平时说话不多，性格比较内向，平时很少在亲友之间走动，特别是成年以后淡泊功名，一时之间没有什么大成就。为此，亲友们谈起崔林，都会显出一副鄙夷不屑的样子，评价崔林说："崔林这个人不会有什么大作为，与崔琰比可是差远了。"

然而，崔琰却不这么看，每次亲友这样说崔林时，崔琰都会对他们说："我与诸位的看法不同。我以为人的发达有迟有早，我不过早作了几年官罢了，哪里比得上崔林呢？才能大的人需要长时间才能成器，以他的见识和才干，将来一定能成就一番大事业。"

崔琰的眼光果然没有错。崔林的才能的确很出众，他从小虽然默默无闻，但一直刻苦学习，注意天下大事的变化，暗中积累了很多的知识，他相信自己总有一天能成为利国利民的有用之才。不久，崔林的才能被曹操发现了，曹操先是任命崔林为主簿，后任命他为御史大夫。到文帝时，崔林竟官至司空，封为安阳侯，成为魏国的股肱之臣。

春秋战国智慧故事典故

摘编 / 方生

春秋战国历时 500 余年，其间战争此起彼伏，风云人物层出不穷，局势跌宕变幻。战场上的兵戎相见，军营中的运筹帷幄，外交场合的谋略交锋，给我们留下了大量耳熟能详的历史典故。

1. 烽火戏诸侯

在西周末年，昏庸的周幽王为博得王妃褒姒一笑，竟不惜在城中演出以烽火向诸侯求救的闹剧。结果，少数民族犬戎进攻西周，再起烽火时，诸侯无人来援，导致幽王被杀，西周结束。从此周天子的权威一落千丈，出现了春秋战国时期群雄并起，诸侯纷争的局面。

2. 尊王攘夷

春秋时期，周天子的地位一落千丈，诸侯王不再听命于周王，一些强大的诸侯趁机发动兼并战争，强迫其他各国承认其霸主地位。被称为"春秋第一相"的管仲辅佐齐桓公打着"尊王攘夷"旗号，使齐国齐桓公"九合诸侯，一匡天下"，成为春秋时期第一个霸主。

3. 问鼎中原

春秋时期，楚庄王在推行霸业的过程中，曾率军在周王室所在的洛邑郊外耀武扬威,并遣使问九鼎的大小轻重。鼎象征王权,庄王问鼎,表明夺权之心。

4. 退避三舍

春秋时期,晋国内乱,晋献公的儿子重耳逃到楚国。楚成王收留并款待他,他许诺如晋楚发生战争晋军将退避三舍(一舍为三十里)。后来重耳在秦穆公的帮助下重回晋国执政。后来,晋国支持宋国与楚国发生矛盾,两军在城濮相遇,重耳退避三舍,诱敌深入而大胜。

5. 一鸣惊人

相传楚庄王(另一说为齐威王)临政三年终日作乐,不理朝政。一臣下对庄王说:"听说国中有一只大鸟,三年不飞,三年不鸣,是怎么回事?"庄王说:"此鸟不飞则已,一飞冲天;不鸣则已,一鸣惊人。"然后庄王整顿朝政,富国强兵,短短数年形成大治局面。

6. 老马识途

春秋时期,齐桓公应燕国请求,带兵打败了山戎国的侵犯;山戎国国王密卢逃到孤竹国请求救兵,管仲跟随齐桓公打败了孤竹国的援兵。在回国途中,因假向导引入迷谷,使齐军受困。管仲建议用一匹老马带路而化险为夷。

7. 负荆请罪

战国时,赵国有两位重臣廉颇与蔺相如,因蔺相如多次立功,赵王封他为相国。廉颇不服气,认为自己的武功盖过蔺相如的嘴。蔺相如为了国家，对廉颇多次避让。廉颇得知蔺相如的良苦用心后惭愧不已，便背着荆条，到蔺相如家门请罪，从此两人和好，成为同生共死的好朋友。

8. 纸上谈兵

战国时，战国名将赵奢的儿子赵括饱读兵书，能健谈用兵之道，连父亲也难不倒他，自认为是天下无敌。赵奢认为赵括只是纸上谈兵不知变通。后来赵奢死后，赵王令赵括顶替大将廉颇带兵，结果，赵括在长平之战中损兵40万。

9. 三令五申

孙武流寓于吴，吴王想试试孙武的军事才能，就将180名年轻宫女交给孙武操练。孙武将宫女分作两队，让吴王的宠姬当队长。孙武向宫女们交代了口令之后击鼓传令，宫女们一阵哄笑，队伍乱成一片。孙武再一次下达命令，宫女们只觉得好玩，根本不听命令。孙武说号令既然已经明白又不听令，这是头领之罪，下令将两名队长处死。吴王急忙叫人传令不能斩杀王妃，孙武仍然杀了两个王妃。然后，孙武重新操练宫女，这回没人敢不听号令了。

10. 围魏救赵

战国时，魏军围困赵国京城邯郸。赵国向齐国求救，齐威王命田忌为将，孙膑为军师，出兵救赵。田忌原想直接引兵去救赵国的邯郸，孙膑主张引兵去围攻魏国的京城大梁，魏必回兵自救，这样，不但能解除赵国的围困，还能使魏军疲劳不堪。田忌采纳了孙膑的策略，引兵直奔大梁。魏军闻讯急忙撤回围攻邯郸的部队，星夜回军援救大梁。走到桂陵，齐军以逸待劳迎击魏军。魏军大败，几乎全军覆没。

11. 胡服骑射

战国时，赵国国君武灵王决心变革图强。武灵王见胡人（少数民族）身着窄袖短褂便服，骑着战马，边跑边射箭，行动迅疾，十分灵活，便决定向胡人学习，改革士兵服装，发展骑兵。不到一年工夫，赵国便拥有一支强大的骑兵，经过南征北战，赵国成了当时有数的强国之一。

12. 窃符救赵

战国时，秦国派兵围攻赵国的都城邯郸。赵国向魏国求救，魏国派兵前去救赵。秦国听说后，马上派人去魏国威胁魏王。魏王屈服于秦国，下令让前去救赵的魏兵按兵不动。赵王向魏国公子信陵君写信求救。信陵君曾为魏王的宠妃如姬报了杀父之仇，信陵君请求如姬从魏王那里盗出了兵符，从而夺取了兵权，率领几万精兵，奔赴邯郸，打败了秦军，解了邯郸之围。

13. 朝秦暮楚

战国时代秦楚相争频繁，各诸侯国视利害所重，时而助秦，时而事楚。因而形成了一个形容在列强争夺势力范围的条件下，各集团和人们的态度动摇多变，反复无常的成语。

14. 图穷匕见

公元前227年，燕国太子丹派荆轲前往秦国去刺杀秦王嬴政，演出悲壮的一幕。荆轲告别太子丹时，高歌："风萧萧兮易水寒，壮士一去兮不复还。"到了秦国，荆轲以重金收买秦王宠臣，得见秦王。荆轲假称要向秦王嬴政献上督亢地区的地图，当嬴政打开地图时，荆轲抓起卷在地图中的匕首，向秦王刺去。秦王大惊，猛地挣脱。荆轲被秦的武士所杀。

15. 卧薪尝胆

春秋末年，南方的吴、越也加入了争霸战争，吴王夫差大败越国，打败并俘虏了越王勾践。勾践给夫差喂了三年的马，受尽折磨和屈辱。回国后勾践立志报仇复国雪耻，请范蠡帮助训练军队，任用有贤能的人，自己亲自参加劳动并坚持睡在柴草上，每次饭前均要尝一个苦胆，经过十年生聚，十年教训，后来终于灭掉吴国。

16. 爱媵贱女

出自《韩非子·外储说左上》：昔日秦穆公嫁女儿怀嬴给晋公子，准备了非常丰厚的嫁妆，光穿有华丽衣裳的陪嫁女妾就有70人之多。新嫁到晋国时，晋国人看到陪嫁的女子都那么漂亮，于是都想找个陪嫁的女妾回家去，却认为秦国的公主还不如女妾漂亮，而轻贱秦国的公主。

这是韩非回答楚王所提出的问题时讲的一则故事。所举的"秦伯嫁女"一例与"买椟还珠"一起说明一种办事的道理，即切勿怀文忘用，甚至以文害用。后世常以此比喻办事情舍本逐末，本末倒置。

17. 白虹贯日

出自《战国策之魏策四》：聂政是战国时韩国轵人，因为杀人避仇，逃到齐国，以屠宰为生。韩卿严遂与韩相韩傀有隙，想要报仇，听说聂政侠义勇为，便送黄金百镒做为聂政母亲的寿礼，并说明欲请聂政刺杀仇人之意。聂政以母亲尚在需要人奉养为由没有答应。后来聂政的母亲死后，聂政独行仗剑刺杀韩傀，碰上了白虹贯日的现象，刺中了韩哀侯，他自己也自杀身死。

白虹贯日是一种大气光学现象，就是现在所说的日晕。古人迷信，常把此做为是危害君王的天象异兆，也附会为精诚上感天道。

18. 毕万昌大

出自《左传·闵公元年》：春秋时，晋献公灭掉魏，把魏地赐给大臣毕万。管占卜的大夫卜偃说："毕万之后必大。万，盈数也；魏，大名也（魏同巍，故云），现在把魏地赏给毕万，是天意要启发他的后代，使其昌大。"后来，毕万的后代果然建立了战国时的魏国。

其实这些都是古人附会之说。后世就常以"毕万昌大"的典故指人后辈繁盛昌大。

19. 抱冰握火

出自《吴越春秋·勾践归国外传》：越王勾践为了灭吴复国，常常以艰苦的生活条件来磨砺自己的意志。他寒冬抱冰，炎夏握火，卧薪尝胆，夜以继日，内修军政，外结诸侯，经过十年生聚，十年教训，终于转弱为强，灭掉了吴国。

后人以"抱冰握火"比喻刻苦自励，也用指生活艰辛。

《诗经》的故事

摘编 / 王兰兰

在我国商朝的时候，由于牲畜业及冶炼工业技术的发展，奴隶主的生活水平得到快速提高。而奴隶主为了祭祀和享乐，音乐歌舞也极为发达。周朝取代商朝之后，由于经济制度的巨大变革，促使社会在精神文明方面产生飞跃性进步。西周文化在这种情况下通过长期积累和损益前代的基础上得到空前提高。这时，有人开始用诗歌来记录生活，抒发情感，歌颂爱情和赞美劳动。

当时，执政者为了考察各地民俗风情，了解实施政策的得失，专门设了采集诗歌的官员，到民间搜集的歌谣，作为国家修正政策的参考。所以，每当春天人们都散到田间去劳作的时候，采诗官就敲着木铃在路上巡游，把民间传唱的歌谣采集起来，然后献给朝廷的乐官太师，请太师配好音律演唱给天子听。

后来，这些诗歌收集的越来越多，竟达三千多首，辅佐周成王治国的周公就让人把这些诗歌编辑成一本书，叫《诗》，并要求周朝贵族子弟们都来读《诗》。

因此，《诗》也成为当时教育普遍使用的文化教材，能背诵《诗》也成为贵族人士必备的文化素养。《诗》中的乐歌，有的还成为各种典礼、礼仪的演奏曲目，有的则在聚会时歌唱。所以，作为周朝礼乐文化的重要组成部分《诗》，在当时广泛流行于诸侯各国，运用于祭祀、朝聘、宴饮等各种场合，在当时的政治、外交活动中，发挥了重要作用。而且，在教化人民方面，也起到了重要作用。

到了春秋以后，周王朝逐渐衰微。这时，第一个以私人讲学身份出现的大教育家孔子，从流传的三千多篇《诗》中，把那些重复的、于礼义标准不符合的都删掉，而精选了305篇诗歌编成《诗经》，作为对学生进行政治伦理教育、美育的教材。

在《诗经》中，孔子对诗歌作品的编排和分类，主要是按照音乐的特点来划分。孔子把《诗经》分为《风》《雅》《颂》三部分。《风》《雅》《颂》是《诗经》的体裁，也是《诗经》作品分类的主要依据。

《风》有十五国风，是出自各地的民歌。《雅》大多为贵族用来祈祷丰年、歌颂祖德的诗歌。《颂》则是宗庙祭祀的诗歌。

《风》诗是从周南、召南、邶、鄘、卫、王、郑、齐、魏、唐、秦、陈、桧、曹、豳15个地区采集上来的民间歌谣，共160篇。

《雅》分为《小雅》和《大雅》，主要是宫廷乐歌。《小雅》74篇，《大雅》31篇，共105篇。《大雅》用于隆重盛大宴会的典礼，多是贵族文人作品，内容多为贵族祭祀的诗歌，主要用来祈祷丰年、歌颂祖先的功德。《小雅》是用于一般宴会的典礼，其中也有一部分民歌。

《颂》是王侯祭祀宗庙时演奏的乐歌和舞歌。当时，祭神祭祖都是王朝的大典，"颂"就是赞美王侯的功德，把他们的功业祭告于神明的意思。

《颂》包括《周颂》31篇，《鲁颂》4篇，和《商颂》5篇，共40篇。《周颂》是周王室的宗庙祭祀诗，产生于西周初期。《周颂》除了单纯歌颂祖先功德而外，还有一部分于春夏之际向神祈求丰年或秋冬之际酬谢神的乐歌，反映了汉族以农业立国的社会特征和西周初期农业生产的情况。

《诗经》形式多样，其中史诗、讽刺诗、叙事诗、恋歌、战歌、颂歌、节令歌以及劳动歌谣样样都有。描述的内容十分广泛丰富，它就像古代社会的一部历史画卷,形象生动展现了当时的社会现实生活,真实地反映了当时政治状况、社会生活、风俗民情。

其中有些诗,如《大雅》中的《生民》《公刘》《绵》《皇矣》《大明》等,记载了后稷降生到武王伐纣,是周部族起源、发展和立国的历史叙事诗。

有的诗,如《芣苢》完整地刻画了妇女们采集车前子的劳动过程;《七月》记叙了人民一年四季的劳动生活;《无羊》反映了人民的牧羊生活。

还有不少诗表现了青年男女的爱情生活,如《蒹葭》《溱洧》《静女》《采葛》《木瓜》《摽有梅》《鄘风·柏舟》《将仲子》《谷风》《氓》等。

在秦始皇"焚书坑儒"和楚汉相争的战火之后,先秦古籍散失很多,但《诗经》由于口耳相传、易于记诵的特点,得以比较完整地保存下来。

《诗经》在汉代流传很广,尤其是鲁国人毛亨和赵国人毛苌的古文《毛诗》,在民间广泛传授,这就是后来看到的《诗经》。

《诗经》在西汉时被尊为儒家经典,对后来的整个古代文学的发展,产生了深远的影响。《诗经》中的"赋、比、兴"的表现手法,在我国古代诗歌创作中也一直被继承和发展着,成为我国古代诗歌的一个重要特点。其中,民歌重叠反复的形式,准确、形象、优美的语言,也被后世诗人、作家大量的吸取运用。《诗经》中所表现的"饥者歌其食,劳者歌其事"的现实主义精神,为后世的进步作家树立了楷模,启发和推动诗人、作家去关心国家的命运和人民的疾苦,把反映现实作为创作的出发点。

在我国古代文学史上,《诗经》作为古代诗歌的开端,它所表现出的深刻的社会内容和优美的艺术形式,对后世的诗歌,以至整个古代文学的发展都有着极为巨大的影响。

冤枉陈世美

文 / 尹宗国

对中国女子来说，最可恨且须千秋唾骂的男人应该是陈世美了。凡看过《秦香莲》或《铡美案》的人，无不对那个喜新厌旧、杀妻灭子的状元附马切齿痛骂，长久以来，陈世美三字成了负心汉的代名词。他的最终下场，也成了男人们最好的反面教材。

作为传统剧目，它们在艺术上是成功的，所反映的社会主题也是深刻的，可是它的情节却好像是完全虚构的。从《状元全谱》看，从北宋初年至清末，包括夏、辽、金在内，共有状元345人，其中陈姓者只有10名，但却没有陈世美其人。再从状元当驸马的历史事实看，自古以来有名可考的状元，从唐高祖武德五年（622年）的孙伏枷，到清光绪二十年（1904年）的末代状元刘春霖，共有592人。加上张献忠的"大西国"和洪秀全的"太平天国"的状元，则是606人。其中做了驸马的状元，可考可信的只有唐代宗会昌三年（842年）那科的状元郑颖，他的妻子是唐宣宗李忱的女儿万寿公主。而就是这位郑颖也并非愿意做皇帝的女婿，他是在去楚州迎娶卢家千金的路上，被强迫退亲而与万寿公主成婚的。除这个郑颖之外，中国历史上再无状元驸马，更没有名叫陈世美的状元驸马了。

那么，为何驸马之中少有状元？这主要同状元的年龄有关。常言道"三十老明经，五十少进士"，凡是参加进士考试能中状元的，基本上都成了四五十岁的半老头子，纵然才貌双全，哪位金枝玉叶愿意找这样的老女婿呢？所以状元当驸马几乎是不可能的。陈世美即便真的中了状元，恐怕也没有这份艳福，自然也就没有那些杀妻灭子的缺德事了。

　　状元驸马陈世美是子虚乌有的，已确定无疑，至少正史之中，不见其人其事。近读野史，发现了一个陈世美，但却不是剧中那样的负心汉，相反这位陈世美是一名有情有义的好官。书中说陈世美为直隶南宫人，清顺治八年（1651年）他欲进京会试，但因囊中羞涩难以成行。幸亏同科的三位举子帮其提供了盘缠和马匹，结果陈世美金榜题名且荣登榜首，而那三位好心人却名落孙山。不久，陈世美以头名进士身份先补县令，后任知府，很快又升任学政，不论在哪任上，陈世美俱有清名。而那三位落第举子却一直落拓在家，后来不得已求助于陈府，欲谋一官半职，但遭陈世美婉拒，三人遂怀恨而去。

后来，康熙皇帝发现了这位清官，将其擢升为贵州按察使兼布政司参政。三人闻知后，又抱着试试看的想法跑到贵州求官，不料仍遭陈世美拒绝。至此，这些施恩图报的举子彻底失望了，连同他们的家人也都斥骂这个忘恩负义的陈世美。可是，他们心中有气又无处发泄，便决定编戏骂他。三名举子考试功夫不足，但编戏歪才有余，你一言我一句地摘采间，有意把不葬二老、攀附富贵、杀妻灭子等令人痛恨的罪名，加在陈世美的头上。他们挖空心思地搜掠编撰，整整用了大半年的工夫才把这出戏写好。待得陈世美发现此事，该戏已经上演一年有余，看戏之人如浪似潮，观者更是骂声载道。陈世美有口难辩，欲禁不能，最后竟被活活气死了。

其实，在宋元时期的南戏中，就有表现"痴心女子负心汉"的作品，而这种主题是有很深的历史背景的。从隋朝实行科举制度之后，给许多穷困书生提供了一举而显贵的机会，但人一做官，往往就变，出了不少抛妻弃子的负心郎君。对于这些薄情者，人们十分痛恨，却又无可奈何，只好借助小说和戏剧等文艺形式加以抨击，聊以泄愤而已。于是，先后出现了《赵五娘蔡伯喈》《琵琶记》等四个讨伐他们的剧目，一直到了明末清初，还是常演不衰。后来，有人根据《琵琶记》写出名为《秦香莲》的鼓词，这一回正式把陈世美拉了进来，而且给了他一个更加尊贵的身份——状元驸马，以及铁面包公的千古一铡。多数人看戏，从来便是只看热闹，不问究竟的。所以，历史上是否真有状元驸马陈世美并不重要，陈世美是否真的杀妻灭子也不重要，重要的只是一个薄情郎君必须不得善终，方能大快人心。从这层面看，陈世美被冤枉一下也就在情理之中了。

成长智慧

摘编／一米

机会是靠自己争取的

中戏表演系专业招生时，一名身高1.80米，体重89公斤的东北男孩报考了中戏音乐剧专业。当时，这个专业只招一人，而报名的有七百多人。

报名的老师看到他，一脸惊讶地说："你也来报考表演？音乐剧专业需要跳芭蕾，你看看你这体重，能跳得了吗？"

这话像一盆凉水泼在信心十足的男孩心里，但男孩还是不甘心地低声说了句："我减肥还不成吗？"

老师不耐烦地应付了一句："至少要减掉十公斤。"

就为这句话，男孩天天节食跑步，一个月减掉18公斤。

考试时，他因一个意外而没考好。而他在中戏操场上挥汗如雨的跑步给老师留下了深刻印象，老师就对他格外开恩，让他重考了一次。他把握住这次机会，顺利通过了考试，成为报考的七百多名学生中的唯一被录取的人。他就是最具人气的大明星孙红雷。

影响一个人的成功因素有很多，但最重要的是需要自己去争取机会。

烦恼就是追求

有一个人成天为生活中的种种琐事所烦恼,一心想过没有烦恼的日子。有一天,他去寺庙,见僧人们个个都无忧无虑,每天只管诵经撞钟,过得十分潇洒自在。这个人心里十分羡慕,就跟僧人们要求在寺里住一段时间,跟僧人们学习过这种没有烦恼的日子。

刚开始几天,出于对僧人生活的新奇,这个人还过得挺自在,时间一长,这种悠闲自在的日子让他感到有些无所适从了,他便又开始怀念起以前当凡夫俗子时有各种追求的生活来,就又回到原来的生活当中去了。

任何事物都是一体两面,有好处也有坏处,用积极的心态看时,烦恼就是追求,而用悲观的目光看,追求则成了烦恼。

需要保护的猫

有两个朋友,一块儿到原始森林里去冒险,去的时候,他们各把自己养的猫和狗带上。进入森林后,路上险境重重。他们带的食物不够吃了,为了节约食物,一人必须要放弃一个动物才行。

一个人就把猫丢弃了。而他的朋友却留下猫,把狗赶走了。丢弃猫的人很不解地问他的朋友:"我们去探险,狗的作用肯定比猫大,你为什么要留下猫而赶走狗呢?"

他的朋友说:"正因为狗比猫强大我才赶走它。你想想,在这种环境中,猫根本没有能力保护自己,我怎么能把它置身于一个危险的环境中呢?"

人性是自私的,当面临选择,总是从自己需要的角度考虑的多,而从他人的需要考虑的少。

长寿仙丹

有个有钱人身体不好,为了长寿,他把所有的时间、金钱和精力都用在炼长寿仙丹的实践中,他觉得只有服长寿仙丹才能长寿。不久,他把所有的积蓄都花光了,家里变得一贫如洗。

妻子没办法,就到寺里去求法师想办法规劝他。法师对这个人的妻子说:"你回去后告诉他,寺里有炼长寿仙丹的秘诀,只是现在还缺少一味炼仙丹的东西。"

这个人听后就急忙跑到寺里,问法师还缺少什么。

法师说:"现在还缺乏 300 斤成熟的玉米须,这些玉米须必须是你自己种的才有效。"

这个人回家后就开始把荒废多年的地里全种上玉米,为了尽快凑齐玉米须,他还在屋前屋后的山坡上开垦了大量荒地来种玉米。

十年过去了,他终于凑够了 300 斤玉米须。当他把这些玉米须拿到寺里向法师求练仙丹的秘诀时,法师笑而不语,让他自己照镜子。他看到镜子里那个神采奕奕的人时,顿时恍然大悟。

长寿的秘诀不是炼神奇的仙丹,而是靠自己的身体力行地勤劳耕作。

以德报怨

有两个人是邻居,住东边的那个人十分懒,从来不打扫院落,而住西边的那个人特别勤快,每天都把院落打扫得干干净净。

可不管住西边的人早上怎么打扫,晚上回来院落照样脏乱不堪,原因是每天风都从东边刮到西边,东边院落里的脏乱垃圾也就随风刮到西

边院落里来了。

住西边的人十分生气，就一报还一报，把从东边刮来的垃圾再扫到东边，可那些垃圾最终还是会刮到他这边。于是他就去找村里一个德高望重的老者评理。

老者对住西边的人说，你每天早上打扫院落的时候，把东边院落一块打扫干净，这样就不会再有脏东西刮到你院落了。

西边的人照老者的话做了，从此两边的院落都干干净净。

一报还一报不但解决不了问题，反而会越报结怨越深。所以，以德报怨才是解决问题的最好办法。

打鸡伤己

有个人一天在院落里晒稻谷，邻居家的鸡乘他离开的时候全都围过来吃。这个人看到后，心里十分生气。本来他用手挥挥就可以把这些鸡赶走，但他想到自己辛辛苦苦种的庄稼，却无缘无故地被邻居家的鸡吃，就想好好教训教训这群鸡。

于是他就找来一根大棒子，照着这群鸡就狠命的一棒子打过去。结果用力过猛，不但没打到鸡，反而在惯力的带动下把他自己摔了出去，磕掉了两颗门牙。

处理问题时应考虑到与问题相适应的方法，并不是方法越强硬有力越好，一旦用力过猛，往往会造成不堪设想的后果。

猎人和鹰

有个猎人捡到一只不小心从悬崖上掉下来的小鹰，就把它带回家喂养。猎人对待小鹰像对待自己的孩子一样，十分呵护。时间长了，猎人和鹰就有了深厚的感情。

鹰长大后，天天扑腾着翅膀想飞到属于它的天空去。猎人舍不得鹰离开，就用剪刀把鹰的翅膀剪短。

被剪了翅膀的鹰再也飞不起来了，它变得消沉起来，从此不再欢叫起舞，一天比一天没有活力，最后，连眼睛都暗淡下去。

看到鹰这么痛苦，猎人后悔极了，认识到由于自己的自私从而让鹰失去翱翔蓝天的机会。从此就更加精心的饲养着这只鹰。很快，鹰的翅膀又长齐了。

一天，猎人就把鹰带到当初捡它的悬崖上，对鹰说："你飞吧，飞到蓝天去实现你的理想吧。"鹰拍打着翅膀飞到天上，在猎人头顶上盘旋几圈，然后朝遥远的天边飞去。

真正爱惜人才，就应该给人才施展才能的空间，而不是把人才限定在自己的狭隘天地里。

适得其反

有个人经常去寺里求法师为他解惑，时间长了，这个人就和法师成了很要好的朋友。有一天，这个人邀请法师去他家做客。

为了盛情款待法师，这个人准备了一大桌子美味佳肴，什么龙肝豹胆、什么熊掌鱼翅，只要能找到的山珍海味，他全摆放到餐桌上来了。

法师看到这一大桌吃的，吓得有些发呆。而这个人还没意识到自己犯的错误，还诚心诚意地侍立在法师旁边，热心地请法师食用。法师一怒之下，拂袖而去。

这个人不分对象，想当然的用自己认为的美味佳肴招待法师，而不考虑法师不吃肉的特性，结果事与愿违。

世上万事万物都有自身的特性和所应遵循的规律，如果不遵循这些规律，往往会做出适得其反的蠢事来。

会说话的父亲

过年了，父亲站在院落里等四个儿子来给他拜年。不一会儿，大儿子开着一辆豪华的小轿车带着家人过来了。父亲见大儿子如此气派，打心眼儿里高兴，口里不由得夸赞道："小轿车真气派！"

正说着，二儿子骑着摩托车像一阵风似的来了。夸大儿子不能不夸二儿子吧，父亲忙又夸二儿子说："骑摩托车真潇洒！"

话还没落音，三儿子骑着自行车来了，父亲忙又夸三儿子说："骑自行车能锻炼身体！"

这时四儿子懒洋洋地走着过来了，夸完那三个不夸这个也不合适呀，父亲想了想又说："走路好呀，走路比开什么车都稳当。"得到不同的夸奖，四个儿子都高高兴兴围绕在父亲身边给他拜年。

说话是门大学问，说得好大家都开开心心，说得不好弄得大家都不愉快。

盘山路

有一条盘山路横亘在悬崖峭壁之上，盘山路的一侧是坚硬的岩石，另一侧是地势险恶的峡谷，谷底水流湍急。

盘山路虽然修在悬崖峭壁之间，其宽阔度和城市中的大马路不差上下。然而，这么宽的路，并且路过的车辆非常少，却经常出事——经常有车掉到涧底，被摔得粉骨碎身。

警察在调查多起事故原因时发现，这条盘山路并不危险，只是盘山路侧面的峡谷给了人们一种强烈的心理威慑，从而让司机乱了方寸，一不小心就把车开到涧底。这才是事故发生的主要原因。

　　心态决定人的行为取向,当心态平静的时候,人们能轻轻松松地穿越过很多难度大的障碍,而心里一旦有了恐惧,本来没有危险的路也会变得危机四起。

哲思小语

摘编 / 王兰兰

★ 这个世界，有这么一小撮的人，打开报纸，是他们的消息，打开电视，是他们的消息，街头巷尾，议论的是他们的消息，仿佛世界是为他们准备的，他们能够呼风唤雨，无所不能。你的目标，应该是努力成为这一小撮人。

★ 如果，你真的爱你的爸妈，就好好的去奋斗，去拼搏吧，这样，你才有能力、有经济条件、有自由时间，去陪他们，去好好爱他们。

★ 这个社会，是快鱼吃慢鱼，而不是慢鱼吃快鱼。

★ 这个社会，是赢家通吃，输者一无所有。社会，永远都是只以成败论英雄。

★ 如果你问周围朋友词语，如果十个人，九个人说不知道，那么，这是一个机遇。如果十个人，九个人都知道了，就是一个行业。

★ 这个世界上，一流的人才，可以把三流项目做成二流或更好，但是，三流人才，会把一流项目，做的还不如三流。

★ 趁着年轻，多出去走走看看。读万卷书，不如行万里路，行万里路，不如阅人无数。

★ 记得，要做最后出牌的人，出让别人觉得出其不意的牌，在他们以为你要输掉的时候。这样，你才能赢得牌局。

★ 不要随便说脏话，这会让别人觉得你没涵养，不大愿意和你交往。即使交往，也是敷衍。因为别人内心认定你素质很差。

★ 买衣服的时候，要自己去挑，不要让家人给你买，虽然你第一第二次买的都不怎么样，可是，你会慢慢有眼光的。

★ 要想进步，就只有吸取教训，成功的经验都是歪曲的。成功了，想怎么说都可以，失败者没有发言权。可是，你可以通过他的事例反思，总结。教训，不仅要从自己身上吸取，还要从别人身上吸取。

★ 学习，学习，再学习，有事没事，去书店看看书，关于管理，金融，营销，人际交往，未来趋势等这些，你能获得很多。这个社会竞争太激烈了，你不学习，就会被淘汰。中国在2008年，有一百多万大学生找不到工作。竞争这么激烈，所以，一定要认识一点，大学毕业了，不是学习结束了，而是学习刚刚开始。

★ 成功者就是胆识加魄力。而拿得起，放得下，就是胆识和魄力。

★ 平时的时候，多和你的朋友沟通交流一下，不要等到需要朋友的帮助时，才想到要和他们联系，到了社会，你才会知道，能够认识一个真正的朋友，有多难？

★ 给自己定一个五年的目标，然后，把它分解成一年一年的，半年半年的，三个月的，一个月的。这样，你才能找到自己的目标和方向。

★ 无论什么时候，记住尊严这两个字，做人是要有尊严、有原则、有底线的。否则，没有人会尊重你。

★ 这个世界上没有免费的午餐，永远不要走捷径！

★ 乌龟在地上是跑不过兔子，可乌龟在水里永远比兔子游的快。
——不要放错自己的位置。

★ 乌鸦学老鹰去抓羊，结果被羊毛卷住了爪子，最后被牧羊人活活的摔死了。——不是每一种鸟都叫鹰，认清自己你才能活下去。

★ 有一天蚂蚁去和大象比力气，蚂蚁自豪地说自己能举起比自己重一百多倍的东西，这时大象抖抖了身上的泥，结果却把蚂蚁砸死了。——永远不要找错对象，不然会死的很惨。

★ 马在沙漠里碰见了骆驼，马嘲笑骆驼的背说："嘿，老兄你的背真丑！"骆驼没有理马只是继续赶路。最后骆驼走出了沙漠，马却再也没有出来，看着马的尸体骆驼笑了。——不要嘲笑别人的外表，不然说不定哪天你就会成为了别人的笑话。

★ 有一只兔子很懒，总是在自己的窝边吃草，最后被猎人逮住了。——吃窝边草的时候想想后果,如果你觉得吃的起你就吃,吃不起千万别吃。

★ 森林举行选美大赛,孔雀第一个报了名觉得自己肯定能拿冠军,结果连初赛都没过。孔雀很生气,就去找山羊评委。山羊评委说:"孔雀你开屏虽然美丽,但却露着屁股!"孔雀很尴尬的离开了。——照镜子的时候不要光看前面,也看看后面。

★ 夏天非常热,斑马去河边喝水,正好看见河马在河里玩,斑马就想它能玩为什么我不能玩啊。斑马就跳下去玩,可没一会儿鳄鱼就把它咬死了。——没那实力就别玩,因为你输不起。

★ 一只鸭子看见大雁在天空飞得很自在,觉得自己也没差什么怎么就飞不起来。结果它跑到悬崖边上纵身一跳,没扑腾几下它就垂直掉下去了,摔了个半身不遂。——没有做好充分的准备之前,不要贸然地去未知的领域尝试。

★ 狮子邀请老虎去山谷捕猎,答应把捕到的猎物一半给它,老虎想了想就去了。到了山谷狮子就堵住了唯一退路,把老虎吃了。——和强大的竞争对手合作一定要想好退路。

★ 一只乌龟在沙滩上晒太阳,这时飞来一只老鹰,乌龟觉得自己有坚硬的壳,老鹰拿它没办法就有恃无恐。结果老鹰一爪子抓起了乌龟,飞到上千米的高空,在飞过一片岩石的时候狠狠地把乌龟摔了下来,乌龟连肠子都摔出来了。——不要对自己过于自信,能收拾你的人比你能想到的多得多。

★ 做你没做过的事情叫成长，做你不愿意做的事情叫改变，做你不敢做的事情叫突破。

★ 如果你向神求助，说明你相信神的能力；如果神没有帮助你，说明神相信你的能力。

★ 随着年龄的增长，我们并不是失去了一些朋友，而是我们懂得了谁才是真正的朋友。

★ 当有人逼迫你去突破自己，你要感恩她，她是你生命中的贵人，也许你会因此而改变和蜕变。

★ 当没有人逼迫你，请自己逼迫自己，因为真正的改变是自己想改变。

★ 蜕变的过程是很痛苦的，但每一次的蜕变都会有成长的惊喜。

★ 到了一定年纪的时候会发现，衡量自己成功的标准就是有多少人在真正关心你、爱你。

校园文摘系列丛书征稿

阅读可以使学生增长见识，可以提高学生写作水平；阅读可以陶冶学生性情，使学生变得温文尔雅、富有修养；阅读可以给学生带来无限遐想和乐趣，给学生带来智慧源泉和精神力量；阅读可以磨炼学生意志，让学生的心灵逐渐充实、成熟。

为满足广大读者要求，中央编译出版社将继续开展"校园文摘系列丛书"征稿活动，让我们从"学生阅读"读起，从朴实无华、意蕴丰富的文字中感受阅读的魅力。

一 征文对象及内容

征稿对象为全国大中学生。可以个人投稿，也可以学校、班级或文学社团为单位组织供稿。作品的体裁、内容不作任何限制。篇幅限 1300-2500 字之间。优秀来稿将分别入选面向全国发行的"校园文摘系列丛书"。

二 征文要求

1. 文笔流畅，有真情实感，活泼新颖。
2. 投稿作品必须是本人原创，不得抄袭、套改。如涉及法律问题，由作者本人负责。

三 投稿时间

即日起至 2018 年 12 月 30 日止。

四 投稿须知

1. 投稿限发 word 文档电子稿。每人可投 3~5 篇。优秀作品可根据题材分别入选多本图书相关栏目。
2. 来稿在文末附上以下内容：文章标题、作者姓名、邮寄地址、电子信箱、电话、QQ。
3. 来稿在 90 天内未收到采用通知的作者，稿件自行处理，三个月内请勿一稿多投！
4. 所有来稿均视为作者已同意本作品选编入中央编译出版社相关图书。不同意以上约定的作者请勿来稿。

电子邮箱： cctp8299288@163.com
作者交流 QQ 群： 63601654

著名少年作家万亿新作《我在成都等你》即将与读者见面

万亿，一个 16 岁的少年，已出版 6 本小说。这位小作者似乎在继承韩寒、郭敬明等青年作家的衣钵，秉承他们对青春、对人生的一贯写作手法，将自己的感受丰富化而已。

"清晨的阳光落在他脸上，光影从额头沿着眉心迤逦向下，经过秀挺的鼻梁，微微弯起弧度的嘴唇，最后汇集到眼睛里，浓密的长睫不停震颤，为眼睑下覆上阴影，却遮不住他瞳孔里潋滟流转的光。"

一眼看去，谁会料见这出自于一位 16 岁孩子的手笔呢？固然，其文章的手法带有漫画性，但也正是如此，才使本书特征凸显无疑。就像电影《致青春》一般，没有什么惊世骇俗的人生哲理，就是一股清流，一首简单的青春之歌。

暗恋，执着，迷惘。这些词都被作者熟练的揉捏于青春故事中。发酵成一种芬芳！

《作文 36 技》学生写作必备图书

《作文 36 技》是一本非常受学生欢迎的图书。该书共分 36 个专题，每个专题都分为"名家垂范""名师指点""名题演练""名卷展示"四个板块。乍看只是总结了一些写作的技巧，细究却分明提出了一种语文教学的新思路：从阅读走向写作。

这本书的问世，填补了目前中学作文教材的一项空白！相信青少年朋友们能从这本书中获得启示，去抒写自己芬芳而绚烂的人生！教育界多位专家推荐此书。

定价：38 元　全国各地新华书店有售

书　名：《超脱考试做领袖》
作　者：陈济安
定　价：30元

　　郭传杰、冯恩洪、毕诚等著名教育家认为：《超脱考试做领袖》一书非常适合大中学生、教师、家长和有志青年阅读参考，称此书是一部不可多得的励志佳作。

　　该书是一部"教人识道用器，学会学习、少有相似，独创一帜"的原创佳作。

《创新中国教育》教你如何考上国际名校

一位耶鲁毕业生教你如何考上国际名校

讲述发生在北京大学附属中学、深圳中学创新教育的故事

培养学生创能力的成功探索

  本书以通俗易懂的语言、严谨的结构,记述了作者在中国教育改革之路的成功和失败,目的在于让中国的家长、老师、学生以及更多关注中国教育的人们明白,在当今的中国为什么改革如此重要,以及它是如何一步一步成为现实的。本书对改变学生学习方法、推进中国教育改革具有非常重要的参考价值。

  被誉为"全世界教育之父"的安德里亚斯·施莱歇尔教授(Andreas Schleicher)如此评价《创新中国教育》:

  "在中国,给予我最深刻印象的是北京大学附属中学的国际部。相信《创新中国教育》这本书的读者,能通过书中的亲身经历,了解到他们是如何进行实践并达到目标的。在探索未知世界的同时,北京大学附属中学也将世界带入了中国,为中国的下一代,将纯粹复制学科内容的教育改革为培养学生实际生活能力的教育;将为国家服务的教育转变成为全球与当地社区服务的公民教育;将为考试而竞争的教育转向加强学生能力培养的教育;将情景价值观的教育——我将做现实环境允许做的事情——更新为可持续价值观的教育。相信这样的教育将能帮助中国的下一代更好地进行协调适应——带着无限的可持续性,将一个失衡的世界归于平衡与和谐。"

定价:39元   当当网、京东网、卓越及各地新华书店有售